Lena Dieterle

Reduktion

Die Essenz des Lebens

Liebe Andrea,

da das Buch in "unserer Ecke" spielt, dachte ich vielleicht magst Du es ja ...

Alles Liebe

Sandra

Lena Dieterle

Reduktion

Die Essenz des Lebens

Roman

neobooks

Impressum

Texte: © 2020 Copyright by Lena Dieterle

Umschlag: © 2020 Copyright by Lena Dieterle

Verantwortlich
für den Inhalt: Lena Dieterle
Boschweg 7
63741 Aschaffenburg
Lena.dieterle@web.de

Druck: neobooks – ein Service der Neopubli GmbH, Berlin

Für mich.

1. Hamburg

Ich leide. Doch warum? Und wenn ja, woran denn? Ist es der Lärm der Großstadt? Mein Job? Unter der Beziehung zu Tom? Oder gar unter Weltschmerz?

Justine weiß es selbst nicht und im Grunde doch ganz genau. Von allem ein bisschen sicherlich und heute eben wieder ein bisschen mehr.

„Geschafft!“.
Die Anspannung des Tages fällt von Justine ab. Ihre Hände umgreifen das kalte Metall des Geländers, sie schließt die Augen und atmet tief ein. *Man denkt ja immer, so nah am Meer sei die Luft gut. Doch hier im Hafen stinkt es. Vor allem an den heißen Tagen ... nach Motoröl, Abgasen und verdorbenem Fisch.* Um sie herum ist alles voller Menschen, die an ihr vorbei hasten. Der Herr im Anzug trinkt am Imbiss einen Kaffee und pfeift fröhlich sein Lied und drüben, auf der anderen Straßenseite, da sitzt eine Bettlerin.

Justine sieht eine Mutter, die alle Mühe hat, ihr brüllendes Kind zu händeln, das unbedingt einen bunten Luftballon haben möchte. Die Ampelanlage ist ausgefallen und zwei Monteure fahren für eine Reparatur mit dem Hubsteiger nach oben. Diese Aktion führt dazu, dass eine Straßenseite gesperrt ist. Autos hupen, Menschen schimpfen, eine Gruppe Jugendlicher lacht, alle reden durcheinander. Die Geräusche und Eindrücke vermischen sich für Justine zu einem tauben Einheitsbrei. Es ist, als würde man viele Farben wild zusammenrühren und am Ende nur noch ein farbloses Grau erhalten. Früher hat Justine die Großstadt sehr angestrengt, es war das reinste Chaos der Sinne. Heute spürt sie eine gewisse Resignation. Sie fühlt sich unsichtbar, als könne man sich in der Masse auflösen und abtauchen. *Unter Wasser klingt jeder Lärm bloß noch wie Gemurmel.*

Ein verlebter Mann mit einer Schnapsfahne rempelt sie plötzlich an und holt Justine ruckartig aus ihren Gedanken. Er bleibt stehen und bekommt große Augen.

„Lecker!“

Justine mustert ihn flüchtig, dreht sich weg und schaut auf die Elbe. *Bitte sprich mich jetzt nicht an.*

„Hey, dat Peerd mutt zu de Futter kommen, nich de Futter nah dat Peerd.“

„Lassen Sie mich bitte in Ruhe!“, raunt Justine, ohne sich nochmal zu dem Mann umzudrehen. *Du bekommst meine Aufmerksamkeit nicht.*

„Nu weet ik nich, wat ik seggen sall!“ Der Mann schüttelt den Kopf und torkelt weiter. Erschöpft trottet sie zur Bushaltestelle. *Kann man denn hier nicht ein einziges Mal seine Ruhe haben?*

Hinter ihr kreischen die Möwen auf einmal so laut, fast so, als wollten sie sie auslachen.

Da steht sie nun mit hängenden Schultern und blickt an sich hinunter. Die viel zu große Second-Hand-Jeans ist mit einer bunten Kordel zusammengebunden, eine weiße Leinenbluse steckt lässig in der Seite, darüber liegt eine lachsfarbene Windjacke. Sie liebt die Hose, die vermutlich mal einem jungen Mann gehörte. Am Knie ist sie aufgerissen, auf der linken Hosentasche prangt eine Flicke, auf der ein Doppeldecker Flugzeug abgebildet ist. An ihren Füßen trägt sie ein paar No-Name-Sneakers in Hellgrau. Da Justine groß und zugleich ganz schmal ist, wirkt ihr Outfit oversized. Sie mag das Gefühl, als könne sie sich darin verstecken. Gänsehaut überzieht ihre Knöchel, als ein kalter Wind über den Asphalt pfeift. Und während sie da so auf den Boden blickt, erregt seitlich von ihr am Gebüsch etwas ihre Aufmerksamkeit. Sie schaut genauer hin und erkennt eine abgegriffene Spielkarte. *Eine einzelne Spielkarte?*

Sie wendet neugierig das Blatt und starrt auf das Symbol. Justine hat mit allem gerechnet - vielleicht mit einer Dame oder einem Herz Ass, selbst mit einer düsteren Pik neun, doch dieses Zeichen machte sie stutzig. Zögerlich wendet sie sich ab und lässt die Karte zurück auf den Boden sinken, weil sie den feixenden Kasper nicht einzuschätzen weiß. *Ist das ein Narr, der mich verhöhnt, wie es die Möwen gerade getan haben?* Die nächsten zehn Minuten versucht sie, die Karte wieder aus ihren Gedanken zu streichen. Doch gerade als der Bus einfährt, springt sie nochmal zurück und greift nach dem bedruckten Stück Karton. *Ein Joker auf der Hand muss ja nichts Schlechtes bedeuten.*

Alle Plätze im Bus sind belegt, doch sie steht sowieso lieber direkt am Fenster. Normalerweise schaut sie hinaus in die fliegende Kulisse, nur dieses Mal hält sie den Blick gesenkt.

„Willkommen in meinem Leben, ich bin Justine“, spricht sie den Joker an und streicht mit dem Zeigefinger über seine Konturen, bevor sie die Karte wie einen Schatz in ihrem Geldbeutel platziert. *Was für ein Zeichen! Nun habe ich wohl einen Verbündeten.*

Justine ist vor ein paar Tagen 32 Jahre alt geworden und zieht eine ernüchternde Bilanz. Seit einigen Monaten schon wird sie das beklemmende Gefühl nicht mehr los, gar nicht das eigene Leben zu leben. Daheim angekommen, platzt es aus ihr heraus: „Tom, warum sind wir eigentlich zusammen?“ Justine blickt ihren Freund mit gerunzelter Stirnfalte an, während sie in der offenen Zimmertür steht und mit den Zehen die ungeöffneten Schuhe von den Fersen streift.

„Sag du es mir!“, ist seine beiläufige Antwort.

Eine geschickte Erwiderung, wenn man selbst keine rechte Erklärung hat. Sie atmet hörbar aus und ihre Brauen sinken wieder nach unten. Es gibt von beiden Seiten scheinbar keinen Bedarf, der Sache weiter nachzugehen. Das Leben hat jedenfalls noch mehr parat als das, was es im Moment für Justine zeigt. Davon ist sie fest überzeugt. Und diese Tatsache lodert wie eine kleine, unermüdliche Flamme in ihr.

Justine schmeißt sich aufs Bett und starrt an die Decke. Eigentlich wollte sie nur schnell raus aus den Klamotten und in den Jogginganzug schlüpfen, doch dann ist sie liegen geblieben. Der Tag in der Agentur fand wie so oft nicht sein Ziel, sie fühlt sich wie eine leere Hülle. Jetzt ist es schon gleich halb acht und ihr Magen knurrt. Ihre Lust auf Kochen hält sich in Grenzen, obwohl sie das früher so gerne gemacht hat. Tom schafft es gerade mal, sich etwas aufzuwärmen, alles andere lässt er anbrennen oder zu Brei verkochen. Für Justine fehlt ihm das Gespür und vor allem das richtige Timing dafür, kurz gesagt: ihm fehlt die Leidenschaft.

Als das Handy klingelt, fährt sie kurz zusammen.

„Jetzt ist aber mal Feierabend!“, ruft sie in zorniger Verzweiflung und drückt auf stumm.

„Hast du was gesagt, Schatz?“, fragt Tom aus dem Wohnzimmer.

Das Smartphone vibriert erneut, also nimmt sie ab.

„Justine, Du musst unbedingt nochmal an den Rechner und den Beitrag für die Boutique aus Elmshorn fertig machen. Die haben gerade angerufen und gesagt, dass der Termin überraschend vorverlegt wurde ... He, und hör auf, mit den Augen zu rollen, ich kann ja auch nichts dafür.“

Ihre Chefin legt auf, ohne die Antwort abzuwarten. Justine erhebt sich schwerfällig aus dem Bett und stapft Richtung Wohnzimmer.

„Tini, kannst Du mir bitte mal die Fernbedienung geben?“, säuselt Tom. Sie greift nach der Fernbedienung und schleudert sie Tom auf den Schoß, der gemütlich auf der Couch lungert.

„Aua, das geht aber auch liebevoller. Oder willst Du etwa, dass ich zeugungsunfähig werde?!“

Justine schweigt.

„Meine Eltern haben übrigens schon wieder gefragt, wann sie mit ihrem ersten Enkelkind rechnen können.“. *Bitte nicht schon wieder diese Diskussion … Einfach überhören und das Thema wechseln. In letzter Zeit fängt Tom immer häufiger damit an, obwohl er selbst mit Kindern eigentlich nichts anfangen kann. Doch das Heiraten und Kinder haben gehört in seiner Welt wohl dazu, in meiner aber nicht.*

„Hast Du schon was gegessen, Tom?“, fragt sie stattdessen.

„Neee, keine Zeit…“, antwortet er, während er sich gelangweilt durch die Programme zappt. Justine nimmt zwei Fertigpizzen aus dem Tiefkühler in der Küche und macht den Backofen an.

„Pizza ist im Ofen, ich gehe ins Arbeitszimmer“. Im Vorbeigehen schnappt sie sich die Eieruhr und zieht sie auf. Sie wird Tom in fünfzehn Minuten dazu auffordern, die Pizzen aus dem Ofen zu holen. Wenig später ist Tom sogar so aufmerksam und bringt ihr die Pizza auf einem Teller nach oben an den Rechner. Ungeschnitten und ohne Besteck zwar, doch das ist ihr egal. Justine schnappt sich die etwas zu dunkel gewordene kreisrunde Scheibe und beißt hungrig hinein.

Zwei Stunden später ist der Auftrag erledigt. Und jetzt muss sie lachen, als sie das halbe Wagenrad an Hefegebäck da vor sich liegen sieht, überall ist der Abdruck ihrer Zähne sichtbar. Sie nimmt den Teller und geht wieder hinab in die Küche.

„Mensch Junge, mach! Lauf!“, hört sie Tom seinen Avatar anfeuern. Es scheint, als hat es nichts im Fernsehen gegeben, denn er hat die freie Wohnzimmerzeit genutzt, um zu zocken. Justine beobachtet Tom einen Moment. *Ob er selbst überhaupt ein Kind und die ganze Verantwortung möchte, oder ob das nur der Wunsch seiner Eltern ist?* Sie räumt die Teller in die Spülmaschine und schleppt sich mit letzter Anstrengung ins Bad. Es ist dringend Zeit fürs Bett. Morgen erwartet sie in der Agentur eine Präsentation, von der ein großes Umsatzvolumen abhängt. Also ist sie glücklich darüber, vor Tom im Bett zu sein. Er schnarcht gerne mal oder atmet laut, was sie dann wiederum nicht einschlafen lässt. Als sie ihn mal nach getrennten Schlafzimmern fragte, war er strikt dagegen: „Wo gibt's denn sowas, dass wir in unserem Alter in getrennten Zimmern schlafen? Kommt nicht in die Tüte!"

1. Hamsterrad

Die Nacht war wie immer zu kurz, die Präsentation hingegen verlief erstklassig. Die Agentur hat den Auftrag direkt bekommen. Justine ist vor solchen Terminen immer schon zwei Tage vorher angespannt. Erst, wenn sie alle erdenklichen Szenarien gedanklich durchgespielt hat und die Vorbereitung sitzt, dann wird sie auf den letzten Metern souverän.

„Du warst klasse, Baby“, strahlte Ines. „Bist und bleibst halt einfach mein bestes Pferd im Stall. Wie oft habe ich Dir gesagt, dass es diese ganze Aufregung vorher nicht wert ist! Aber nein, auf mich möchtest Du ja nicht hören und musst Dir jedes Mal so einen Stress machen.“ Das schrille Lachen dröhnt in Justines Kopf. Sie spart sich sämtliche Erwiderung darauf, da ihre Chefin sie ja doch nicht verstehen wird. Zu oft hat sie versucht, sich für ihre besonderen Empfindungen Gehör zu verschaffen, allerdings vergebens.

„Basti hat sich krankgemeldet, kannst du bitte morgen seinen Termin übernehmen?“, kam nach einem Moment des Schweigens erneut von Ines. *Der Intonation nach handelt es sich um eine rein rhetorische Frage.*

„Morgen?! Das geht nicht, das weißt du doch. Was hat er denn?“

„Einen Infekt wohl. Ach, komm schon, Baby, stell dich nicht so an. Wie ich dich kenne, hast doch eh noch nichts geplant und in ein, zwei Stunden bist du damit durch. Hier hast du deinen Bonus für heute, ich habe aufgerundet. Den hast du dir mehr als verdient."

„Mensch Ines, ich bin nicht käuflich und brauche mal 'ne Pause. Warum fragst du nicht Bea?", raunt Justine harsch.

„Bea hat keinen Babysitter und mein Flieger geht schon heute Abend. Danke Süße, du bist wirklich die Allerallerbeste!", klopft Ines ihr auf die Schulter, macht auf dem Absatz kehrt und streckt die Hände in den Himmel.

„Ibiza, ich kooommmeeee!"

„Wie siehts denn hier aus!", wettert Justine lautstark, doch es ist niemand in der Nähe, der sie hören kann. In der Teeküche entdeckt sie einen Aschenbecher, der fast überquillt. Alles drum herum liegt voller Asche, leere Joghurtbecher stapeln sich und das Waschbecken ist voller Krümel von aufgeschnittenen Brötchen. Es gab wie jeden Dienstag Rindswürste vom Imbiss, da ist die ganze Belegschaft scharf drauf. Justine isst keine Wurst, nur eine kleine Pommes. Als hätten die Kollegen allesamt nur ein recht begrenztes Kurzzeitgedächtnis, erntet sie jede Woche aufs Neue einen dummen Spruch dafür. *Redet ihr nur*, denkt sie sich und lässt den Rest das Karma erledigen.

Manchmal räumt Justine den anderen hinterher, doch heute hat sie dafür keine Energie mehr. Nachdem die Pflanzen versorgt sind, sortiert sie ihren verwuschelten, dunkelblonden Pagenkopf vor dem Spiegel. Unter ihren Augen prangen dunkle Augenringe, doch die buschigen Brauen lenken ein wenig davon ab.

An Justines Schreibtisch im Großraumbüro hängt eine Ansichtskarte. Darauf zu sehen ist ein Haus im Grünen, drum herum ein schöner Bauerngarten und eine Bank. Immer, wenn in der Agentur die Hölle los ist, findet sie in diesem Motiv tiefe Ruhe. Die Karte ist schon älter, sie hatte sie bei den Bildern ihrer Mutter gefunden und aufbewahrt. Um welchen Ort es sich dabei handelt, ist leider nicht mehr ersichtlich.

„Pling!", ertönt ein Signal am Rechner. Eine E-Mail von den Kollegen, die heute Abend gemeinsam ins Kino gehen wollen. Justine ist immer hin und hergerissen, auf der einen Seite liebt sie die ganze Bande, auf der anderen Seite möchte sie mit keinem von ihnen wirklich enger befreundet sein. Meist nimmt sie an solchen Events teil, um kein Spielverderber zu sein, und hin und wieder macht es ihr tatsächlich ein wenig Spaß, dabei zu sein. Sie klickt auf „antworten" und fängt an zu tippen: „Hey Fans *zwinker*, heute Abend bin ich leider bereits verabredet, wünsche euch aber natürlich beste Unterhaltung und leckere Nachos!"

Bin ich eben mit mir selbst verabredet. Mir ist heute nicht mehr nach Smalltalk und Grenzüberschreitungen zumute.

Im Bus sind um diese Zeit meist freie Sitzplätze verfügbar und Justine freut sich darüber, einen Zweierabteil ganz für sich zu haben. Sie legt die Schläfe an die angenehm kühle Fensterscheibe und sinniert. *Was macht mich eigentlich glücklich, wenn es gar nicht das ist, was den anderen so wichtig ist? Und darf ich denn überhaupt nach Glück fragen, wo es doch so vielen schlechter geht als mir? Ehemann, Kinder, Karriere, Konsum? Doch wozu das alles, wenn man sich selbst genug ist? Wozu immer mehr Hornhaut auf der Seele, wo die Haut darunter doch eine Hochsensible bleibt.*

Der Briefkasten quillt über. Obwohl inzwischen ein zweiter Aufkleber mit dem Hinweis gegen den Einwurf von Werbeprospekten angebracht sind, wird er immer wieder vollgestopft, bis er überläuft. Justine greift den ganzen Stapel und wirft ihn sofort in den Müll. Sie stutzt, als sie gerade noch die Ecke eines weißen Umschlags heraus blitzen sieht. *Mist.* Mit hochrotem Kopf hängt sie auf dem Rand des Müllcontainers und angelt mit zwei Fingern nach dem Briefumschlag. *Hoffentlich lohnt sich dieser Körpereinsatz hier überhaupt*, flucht sie innerlich. Als sie ihn endlich erwischt, blickt sie neugierig auf den Absender. Es sieht nach einem höchst offiziellen Brief aus. *Tom wird doch nicht irgendeinen Unsinn gemacht haben?*

Hinter ihr räuspert sich ein anderer Bewohner. Justine fährt erschrocken zurück und schlägt sich den Kopf am Deckel an. Der junge Mann mustert sie misstrauisch, weil sie mit dem halben Oberkörper im Container steckte. Sie macht ihm Platz und klopft sich kurz die Hose ab. Dann stopft sie eilig den Brief in die Handtasche, greift sich die Einkaufstaschen und flüchtet in den Hauseingang. Dort drückt sie die Ruftaste des Aufzugs und wartet, drückt nochmal und nochmal. Der Schweiß läuft ihr unangenehm in Perlen den Rücken hinab. Es ist heute unerträglich warm für Anfang Mai, doch das Hoch „Arabella“ gibt alles.

„Mensch, nun komm endlich!," ruft sie und hämmert auf die Taste.

„Pah, da können Sie warten, bis sie schwarz werden", plärrt die Alte aus dem dritten Stock hinunter. „Der Aufzug ist wieder mal kaputt. Und die Hausverwaltung, die kümmert sich auch wieder nicht. Vor zwei Stunden habe ich da schon angerufen … und Sie sehen es ja selbst: Geht immer noch nicht. Faules Pack."

Na, die hat mir grad noch gefehlt. Justine lässt das Geschwätz unkommentiert und stapft vollbepackt Stufe für Stufe nach oben. Die Alte in der dritten Etage steht ihr wetternd im Weg, doch Justine blickt sie gar nicht richtig an.

„Guten Tag, Frau Johann," murmelt sie aufgrund anerzogener Höflichkeit und erklimmt weiter Höhenmeter für Höhenmeter. Endlich oben, sperrt sie die Tür hinter sich ab.

„Hallo Tom, bist Du zu Hause?", doch die Frage bleibt unbeantwortet. *Gott sei Dank*, atmet Justine laut auf, *endlich mal Stille.*

Sie geht in die Küche, stellt alles ab und legt sich für gleich eine Dose Bier ins Gefrierfach. Als die Einkäufe verstaucht sind, streift sie alle Klamotten ab und steigt unter den eiskalten Wasserstrahl der bodentiefen Dusche. Justine duscht immer eiskalt, schon seit Jahren. Tom kann das gar nicht verstehen und schimpft jedes Mal, wenn sie die Dusche nicht umstellt und er ein paar von den kalten Tropfen abbekommt. Die Wohnung war kurz vor ihrem Einzug kernsaniert worden, innen alles vom Feinsten, fast edel. Justine war das nicht wichtig, doch für Tom, oder eher für seine Eltern, konnte es nicht schick genug sein. Die Miete der Wohnung kostet ein kleines Vermögen, das sie alleine niemals dafür ausgeben würde.

Du siehst ganz schön fertig aus, hört sie ihr Spiegelbild sagen, obwohl sie gar nicht richtig hineingesehen hat. *Halt den Mund!* Sie streckt sich selbst die Zunge raus. Ihre Haut ist blass und etwas unrein, die Schminke vom Schweiß verschmiert. Nur die grünen Augen leuchten hell im Licht, das durchs Fenster hereinfällt.
Der kalte Wasserstrahl der Dusche wäscht die ganze Anspannung des Tages fort und als sie sich abtrocknet, fühlt sie sich deutlich frischer. Zum ersten Mal an diesem Tag verspürt sie Leichtigkeit und lächelt der Frau im Spiegel sogar kurz aufmunternd zu. In der Küche angelt sie sich das Bier aus dem Eisfach und fährt den Laptop hoch, denn sie möchte endlich weiter an ihrem Roman schreiben. Dieses Projekt liegt ihr so sehr am Herzen und muss doch immer wieder zurückgestellt werden. *Warum bin ich eigentlich immer so schnell dabei, meine eigenen Projekte für die anderer „zu verschieben"? Man kann fast sagen, das innere Ich und das äußeres Ich begegnen sich nur sehr selten. Wenn sie sich überhaupt erkennen, winken sie sich aus der Ferne zu.*

Mit einem lauten „Rumms" landet sie mit dem Laptop auf dem Schoß auf dem Bett, wählt eine chillige Musik auf dem Handy aus und öffnet die Dose. „Zisch!" Das Bier schäumt und läuft ihr über die Hand. Sie versucht, es schnell abzutrinken, doch es gelingt ihr nicht ganz.

Egal, lacht sie und lässt sich rücklings in die hohen Kissen fallen.

„Cheers, Justine. Das war richtig gut heute!“ Die Dose in die Höhe gereckt, prostet sie sich selbst zu. Sie trinkt in durstigen Schlucken und genießt das Alleinsein. Als das Bier leer ist, rollt sie sich auf die Seite und schläft mit ihrem Rechner im Arm ein. Sie hat kein ein einziges Wort geschrieben.

2. Momentaufnahme

Justine erwacht nach einer traumlosen Nacht. Tom liegt neben ihr und schläft noch tief und fest. Wann er nach Hause gekommen war, kann sie nicht sagen. Sie beobachtet ihn kurz und deckt seinen freien Rücken ein wenig zu. *Fast neun Stunden geschlafen, Chapeau!*
Heute wäre ihr freier Tag, doch nun muss sie für ihren Kollegen Bastian einspringen. Sie kann ihn ja durchaus leiden, doch es nervt sie, dass er sich vor wichtigen Terminen gerne mal eine „bezahlte Auszeit“ nimmt. Und Ines greift immer erst dann durch, wenn es gar nicht mehr anders geht.

Justine schleicht sich auf Zehenspitzen durch die Schlafzimmertür hinaus in den Flur. Die Sonne blendet ihr bereits grell ins Gesicht, als sie die Küche betritt. Sie öffnet die Balkontür sperrangelweit.

„Guten Morgen ihr Lieben!“ Die Vögel zwitschern mit dem Surren der Kaffeemaschine um die Wette. Sie staunt immer, woher die ganzen Vögel kommen, hier mitten in der Großstadt.

„Warum sucht ihr euch nicht eine andere Gegend, draußen in der Natur? Was hält euch hier? Könnte ich so fliegen wie ihr, ich wäre längst ganz woanders.“

Justine zupft ein paar welke Blätter aus den Blumenkästen und prüft mit dem Finger die Feuchtigkeit der Erde im Topf des kleinen Kirschbaums.

„Oh, Du brauchst dringend Wasser“, stellt sie fest.

Die Entstehung der Kirsche war purer Zufall, weil sie einmal einen Kern durchs Küchenfenster herausgespuckt hatte. Als sie den Keimling sah, konnte sie ihren Augen kaum trauen. Tom war dagegen, den Baum weiter auf dem Balkon groß zu ziehen, doch Justine setzte sich durch. Die Kirsche erinnert sie so sehr an ihre bereits verstorbenen Eltern. Als Kind hatte sie ihrem Vater beim Anbau von Obst und Gemüse geholfen und verarbeitete im Spätsommer gemeinsam mit ihrer Mutter die Ernte.

„Pflanzen sind der Spiegel unserer Seele“, hatte ihre Mama immer wieder gesagt. Diesen Satz hat Justine nie vergessen. Und deshalb darf die Kirsche auch auf dem Balkon im sechsten Stock mitten in Hamburg gedeihen.
Sie hört die Toilettenspülung im Bad, kurz darauf steht Tom in der Tür. Er ist noch ganz verschlafen und total verstrubbelt. Als sie sein „Guten Morgen, Schönheit“ vernimmt, erwidert sie lächelnd den Gruß.

„Du, ich muss gleich nochmal los auf die Arbeit. Basti ist krank, ich springe ein.“

„Ah, alles klar … dann viel Erfolg. Du, ist was zum Frühstücken da?“

Justine hält kurz inne, denn sie hatte ein wenig mehr Zuspruch erwartet. Schnell schüttelt sie den Gedanken ab und antwortet: „Na klar, Schatz. Im Kühlschrank ist alles, was Dir gut schmeckt.“

„Ha, wusst‘ ich‘s doch. Du bist halt meine Traumfrau“, flachst er etwas gekünstelt. *Wirklich ernst gemeint war dieses Geturtel nicht.*

Justine hält nur wenig von der einen großen Liebe, zu viele Nieten hatte sie schon gezogen. Tom ist mehr wie ein Bruder für sie.
Einmal, es war vor ein paar Wochen, da hat Tom so heimlich getan, dass Justine schon Sorge hatte, er bereite einen Heiratsantrag vor. Sie hätte, ohne zu zögern „Nein" gesagt, und Tom weiß das auch. Der Gedanke an eine Ehe schnürt sich wie ein Korsett um ihren Körper und Enge kann sie nicht gut ertragen. Justine ist seit gut zehn Jahren Vollwaise und hat keine Geschwister, somit sind Tom und die Kollegen so etwas wie ihre Ersatzfamilie.
Ein Hund wäre toll, doch das geht so mitten in der Großstadt nicht.

Ihre „Schwiegereltern in spe", wie sie sich selbst immer nennen, sind wohlhabend und übernehmen einen Teil der laufenden Kosten für ihren Sohn. Justine kann neben Tom leben, doch sie liebt ihn nicht. Sie hat ihn gewählt, weil er sie als einer der wenigen Menschen mal nicht bedrängt hat. Wenn es ihr nach Geselligkeit ist, gehen sie gemeinsam aus oder er nimmt sie mal in den Arm. Das genügt. Man kann ihre Beziehung in etwa mit der von Kathleen Kelly und Frank Navasky aus dem Film „E-Mail für Dich" vergleichen. Justine fragte sich schon öfter: *Warum bin ich eigentlich noch mit Tom zusammen?* Die Antwort lautet jedes Mal: *Warum auch nicht? Zugegeben, es gäbe sicher romantischere Motive.*

Am Abend sind sie bei einem Paar eingeladen, mit dem sie laut Tom seit einem Jahr so etwas wie befreundet sind. Er hat im Baumarkt eine weiße, in Bogenform gezwängte

Orchidee mitgenommen, die heute Abend als Mitbringsel überreicht werden soll. *Warum spart man sich solche uninspirierten Geschenke nicht gleich ganz? Es ist doch genauso wie diese obligatorische Schachtel Pralinen.*
„Passt was mit der Blume nicht?“, fragt Tom irritiert, als Justine nachdenklich auf den Plastikübertopf blickt.

„Doch, doch, ein wenig langweilig, aber eine Orchidee passt ja fast immer.“

„Ich weiß, Du magst Orchideen nicht besonders, aber ich dachte als Aufmerksamkeit …“

Justine erinnert sich daran, als sie früher mit ihrem Vater wunderschöne, wilde Orchideen gefunden hatte. Das gefleckte Knabenkraut wuchs auf der Wiese hinter ihrem Elternhaus und der Stendelwurz blühte unscheinbar am großen Hang neben dem Steinbruch.

Mit einem „Passt schon“ beendet Justine das Gespräch. Tom trollt sich zufrieden ins Bad.

Und sind es nicht eben diese Treffen mit Bekannten, an denen man nicht zuhört, um etwas vom anderen zu erfahren, sondern nur so lange am Gespräch teilnimmt, bis man ungeduldig zuckend selbst etwas dazu beitragen kann? Schweigsam wartet Justine darauf, dass Tom sich später nach dem Essen zu ihr beugt und fragt: „Du bist so ruhig heute, Tini. Geht es Dir nicht gut?“

Auch bei Ausflügen mit ihren Kollegen oder beim Abendessen mit Toms Eltern geht es ihr so. Da geht es um den neuen Mercedes, die spannendste Serie auf Netflix und das beste „All you can eat"-Buffet, um Heirat und Enkelkinder. *Nicht meine Welt, nicht meine Themen.*

An diesem Abend jedoch geschieht es tatsächlich, dass Justine ins echte Zuhören kommt. Mehr denn je wird ihr dabei bewusst, dass der äußere Schein oft trügt. Eine bis dahin eher flüchtige Bekannte berichtet ihr:

„Ich bin unglücklich, obwohl in meinem Leben scheinbar alles glatt läuft. Ich habe einen aufmerksamen Mann, zwei tolle Kinder und einen guten Job. Ein Haus, einen Garten, regelmäßige Urlaube nur … und eine innere Leere." Sie redet fast eine Stunde lang und Justine hört zu.

„Danke, Justine. Es hat mir sehr gutgetan, dass mal jemandem so direkt und ungeschminkt zu erzählen."

„He, und ich danke Dir. Das gibt ja auch mir einen Anstoß zum Nachdenken. Bei mir läuft es auch nicht rund."

„Möglicherweise liegt es daran, dass wir verlernt haben, unsere Bedürfnisse klar zu artikulieren."

„Aus Bequemlichkeit oder Resignation nehmen wir Dinge hin und ertragen sie, anstatt uns aktiv Lösungen zu erarbeiten."

„Vielleicht fehlt es uns an Authentizität? Es ist schließlich unsere Aufgabe, uns zu zeigen und nicht nur irgendwas zu zeigen."

Lange noch hat Justine über diese Begegnung nachgedacht. Und auch wenn es am Tag des Gesprächs noch keine Lösung gab, so waren sich doch beide einig, dass die eigene Klarheit ein Schlüssel sein kann.

Was will ich denn eigentlich wirklich? Wo soll meine Reise hingehen, wenn der momentane Zustand für mich unbefriedigend ist? Wenn ich mir das nicht beantworten kann, ja wer denn bitte sonst?

3. Unverhofft

Justine steht vor dem Briefkasten und dieser ist mal wieder vollgestopft mit unnützer Werbung.

„Mensch, da war doch was?!“ Justine fährt ruckartig zusammen. *Wo ist bloß dieser Brief, den ich vorgestern aus dem Altpapier gerettet habe?* Sie rennt die Treppe wieder nach oben in die Wohnung, denn der Aufzug dauert ihr jetzt zu lange. Ganz außer Atem kramt sie in ihrer Einkaufstasche nach dem Schlüssel und stürmt in die Küche. Hier gibt es auf der Anrichte eine Magnetwand für Wichtiges und auch eine Ablage für die Post. *Mist, nur zwei Rechnungen für Tom und ein Hinweis auf die Änderung der Linien im Nahverkehr.* Sie wühlt alles durcheinander, doch keine Spur von diesem Brief.

Justine sinkt auf einen der Hocker und grübelt, wo sie bloß dieses Schreiben nur hingelegt haben könnte.

In der Handtasche!, fällt es ihr schlagartig wieder ein.

Gott sei Dank! Da in der Seitentasche steckt verkrumpelt der Umschlag. Wie immer ohne Brieföffner, bohrt sie ungeduldig einen Finger unter die Brieflasche und reißt die Papierhülle auf. Dann hält sie den Atem an und liest. Dort steht in großen Buchstaben neben einem Stadtwappen das Wort „Nachlassgericht“ und darunter: „Verfügung von Todes wegen ...“ Justine staunt nicht schlecht. *Wer soll mich denn jetzt noch beerben? Meine*

Eltern sind doch bereits verstorben und von weiterer Verwandtschaft ist mir nichts bekannt.

Sie muss kurz schlucken, weil sie der Tod ihrer Eltern wieder einholt, doch noch bevor sich das Gefühl von Trauer breitmachen kann, schüttelt sie die alten Gefühle gekonnt wieder ab. *Das muss für Tom sein*. Sie dreht das Blatt und prüft den Absender. Sie liest laut vor: „Frau Justine Argon, Planckstraße, 22765 Hamburg-Ottensen. Sehr geehrte Frau Argon, …"

Das ist wirklich kurios. Dort steht geschrieben, dass sie sich mit dem Nachlassgericht in Verbindung setzen soll, um Informationen zum Testament von einer Frau Valerie Dupont zu erhalten.

Valerie, Valerie…? Die einzige Valerie, die sie je kannte, war „Tante Vally", die aber gar nicht ihre richtige Tante war, sie hatte sie nur so genannt. Bei Tante Vally verbrachte sie als Kind mal die Sommerferien. Damals mussten ihre Eltern beruflich verreisen und hatten keine andere Lösung als eine Unterkunft bei dieser Tante Vally. Justine protestierte damals lautstark, weil sie nicht dorthin wollte, zu einer fremden Frau, die sie gar nicht kannte. Doch der Protest half ihr nicht.

„Du wirst es dort mögen, mein Schatz", war sich ihre Mutter sicher. Und so kam es auch. Justine verbrachte sechs lange Wochen bei Tante Vally, die am Ende doch viel zu schnell vorüber waren.

Ein Jahr später war Justine mit ihrer Familie bereits wieder umgezogen und so gab es irgendwann keinen Kontakt mehr zu Valerie. Justine war zu jung, um das alles zu verstehen, die häufigen Umzüge war sie auf Grund des

Berufs ihres Vaters von klein auf gewohnt. Sie malte noch oft Bilder für Valerie, die ihre Mutter dann bei der Poststelle für Valerie aufgab.

Justines Handy klingelt. Ines ist am Apparat und plappert aufgeregt etwas von einem geplatzten Termin. Sie selbst muss zum Friseur, denn auf diesen Termin habe sie ewig gewartet.

„Ines …“, sagt Justine ruhig, doch ihre Chefin spricht ungebremst weiter.

„Ines, hör mir mal bitte zu.“ Es wird still am anderen Ende der Leitung. *Friseurtermin, ja? Jetzt reichts.*

„Ich bin krank und kann heute nicht einspringen.“

„Oh, was hast du denn? Das ist ja furchtbar, Süße. Du warst doch noch nie krank?“

„Wohl einen Infekt. In ein paar Tagen bin ich bestimmt wieder fit.“

Justine legt auf, als Ines unverblümt weiter quasselt. Ein Schütteln geht durch ihren Körper. *Habe ich das gerade wirklich gemacht?* Bevor das schlechte Gewissen sich ausbreiten kann, nimmt sie ihr Handy und wählt die Nummer vom Briefkopf. Zu groß ist die Neugierde, was sich hinter diesem Schreiben verbirgt.

„Nachlassgericht Obernburg, Maier, guten Tag“.

„Hier spricht Justine Argon.“

Nach gut zehn Minuten ist das Telefonat wieder beendet. Sie wurde gebeten, persönlich zur Testamentsverlesung nach Unterfranken zu reisen. Es scheint sich um eine Immobiliensache in Klingenberg zu handeln, allerdings konnte man viel mehr dazu telefonisch nicht sagen. *Klingenberg? Klingenberg habe ich schon mal irgendwo gehört.* Justine startet den Laptop und gibt den Namen der Stadt in die Suchmaske ein. Klingenberg liegt direkt am Main und ist eine Stadt im Landkreis Miltenberg in Bayern, gut fünf Stunden und über fünfhundert Kilometer entfernt von Hamburg.

„Puh, das ist ja eine halbe Weltreise", schnauft Justine. Sie hat gerade vor einigen Wochen eine Erbschaftssache von einem ihrer Kollegen miterleben dürfen. Hier musste er nach ewigem Hin und Her das Erbe ausschlagen, weil es mit Schulden belastet war. *Das wäre wirklich das Letzte, was ich jetzt noch gebrauchen kann.*

Die Bilder von der kleinen Stadt sprechen Justine an. Sie liest klangvolle Beschreibungen wie „Rotweinstadt am Untermain", „Historisches Kleinod" und „Winzerstadt mit Herz" und wird immer aufmerksamer. *Es könnte sich tatsächlich um den Ort handeln, an dem ich den Sommer mit Tante Valerie verbracht habe.*

Sie stöbert weiter und entdeckt einen Artikel über die Seltenbachschlucht. Und jetzt ist sie sich sicher, dass es sich um genau diesen Ort handelt. Hier war sie mit Valerie wandern und hat zum ersten Mal in ihrem Leben einen Feuersalamander gesehen. Fasziniert von dem gelb-schwarzen Tierchen, das sie bis dahin nur aus einem Kinderbuch kannte, empfand sie diese lange Schlucht damals als einen verzauberten Ort.

Valerie war eine ältere Dame, herzensgut und sehr schön. Während ihres Aufenthalts bei Tante Vally lernte

Justine sehr viel. Sie hatten gemeinsam Wildkräuter gesammelt, die sie danach zum Trocknen zu Sträußen banden. Bei einem duftenden Tee aus Holunderblüte, Erdbeerblättern und Waldmeister erzählte Valerie ihr davon, dass hier in der Schlucht lauter gute Elfen in kleinen Höhlen wohnen und bei Dämmerung ausfliegen, um den Menschen bei ihren Sorgen und Nöten zu helfen. Und in diesem Moment beschließt Justine, noch einmal dorthin zurückzureisen.

Sie wählt die ihr so bekannte Nummer.

„Tom, ich muss mit dir reden."

„Tini, du klingst so ernst, was ist los?"

„Nichts Schlimmes, wir besprechen das heute Abend bei einem Glas Wein. Ich habe einen Tisch in der Taverne für uns reserviert. Um sieben."

„Ist gut, ich bin eh gerade in Eile. Bis heute Abend, Tini." Und Tom staunt nicht schlecht, als sie ihm den Brief vom Nachlassgericht zeigt. Justine hat für diesen Anlass eine gute Flasche Rotwein bestellt, dazu Knoblauchbrot vom Grill, Oliven, Peperoni und frisches Zaziki. Ihr fallen Valeries Worte ein: *Die einfache Küche ist die beste Küche für die Seele.*

„Das ist ja der Kracher!", ruft er laut aus. „Natürlich fährst Du da hin!"

„Ich dachte, Du begleitest mich vielleicht?", fragt Justine vorsichtig. „Ich kenne mich ja gar nicht mit so etwas aus."

„Ich doch genauso wenig", erwidert Tom. „Du kannst es dir doch erstmal anhören und wir bereden dann alles

Weitere, wenn du zurück bist. Ich unterstütze dich dann natürlich beim Verkauf. Vater hilft dir sicher auch, wenn es dann um die Entscheidung geht."

„Beim Verkauf?"

„Ja klar!"

„Na gut, ich höre mir das erst einmal an".

„Wann willst du los?"

„Sobald ich mit Ines gesprochen habe. Übermorgen wahrscheinlich. Ich hatte mich heute kurzerhand krank gemeldet, weil sie mich wieder einmal einspannen wollte."

Tom macht große Augen.

„Das hast du ja noch nie gemacht? Find ich echt mal 'ne coole Aktion von dir, dass du mal das Stoppschild hochhältst. Deine Chefin verlangt zu viel von dir. Ich sag's dir ja immer, irgendwann macht dich der Job noch krank. Und schließlich bin ich derjenige, der dann mit einer überarbeiteten und miesepetrigen Partnerin leben muss."

Das Augenzwinkern am Satzende ist von Tom gekonnt platziert, um einer Reaktion von Justine zuvorzukommen. Er sagt sonst selten etwas dazu, dass sie so viel arbeitet. Und irgendwann hat er es akzeptiert, dass Justine in ihrer Freizeit oft die Ruhe dem Trubel vorzieht.

„Wie der Wein duftet." Sie nimmt einen Schluck und hängt ihren Gedanken nach. *Mein Sommer in Klingenberg. Das gibt eine überraschende Wendung für meinen Roman, wenn ich irgendwann einmal wieder dazu komme, daran weiterzuschreiben.*

Wahnsinn, wie schnell die Welt vorbei fliegt, staunt Justine, die Augen stets aus dem Fenster des Zuges gerichtet. Sie ist um 7:30 Uhr in Hamburg in den Intercity-Express Richtung Zürich gestiegen und hat nun eine Fahrt von über sechs Stunden vor sich. Zweimal muss sie umsteigen, die geplante Ankunft ist gegen 13 Uhr. Der Termin Notar, der vom Nachlassgericht ausgewählt wurde, ist erst am nächsten Morgen, weshalb sich Justine eine Übernachtung in einem Hotel gebucht hat. Danach reist sie wieder zurück nach Hamburg. Sie ist sehr dankbar darüber, dass der Zug die weite Fahrtstrecke für sie übernimmt, denn sie fährt nicht gerne selbst. Tom fährt einen Audi und hat ein schickes Cabrio von seinen Eltern geschenkt bekommen. Nur selten nimmt Justine einen der beiden Wagen, wenn sie mal beruflich zu Terminen außerhalb der Stadt fahren muss.

Der Zug scheint fast lautlos über die Gleise zu schweben. Justine ist beeindruckt, dass ein solcher Koloss so leise und geschmeidig sein kann. Die Menschen um sie herum jedoch sind anstrengend. Der eine telefoniert so laut, als wäre er allein im Abteil. Ein anderer isst völlig ohne Manieren sein Sandwich. Als die Remoulade mit einem „Platsch" auf seiner Hose landet, flucht er und versucht umständlich, sich Finger, Unterarm und Hose abzuschlecken. Sie wendet den Blick mit einem Schaudern ab und schüttelt den Kopf. Eine Dame hustet andauernd, ein anderer bräuchte ein Taschentuch, hat aber scheinbar keines zur Hand.

Ich muss hier raus. Justine steht auf und verlässt ihren reservierten Platz unter den Augen von all diesen Menschen um sie herum.

Sie schnappt sich ihren Koffer und den Umhängebeutel und stolpert durch den Gang. Es gibt in diesem ganzen Abteil keine ruhigere Ecke, auch nicht im nächsten. Der ruhigste Winkel war der Bereich zwischen den Abteilen, direkt an der Tür. Sie setzt sich dort auf den blanken Boden, die Beine stellt sie auf den zwei Stufen ab, die sonst zum Aussteigen dienen.

Himmlische Ruhe! Und ein großes Fenster ist auch vorhanden. Als sie gerade die Kopfhörer heraus gekramt hat, klopft ihr jemand auf die Schulter.

„Junge Dame, das hier ist kein Sitzplatz." Justine sieht einen netten Herrn in Uniform vor sich, der hier seinen Job macht. Sie zückt unaufgefordert ihre Fahrkarte und reicht sie ihm.

„Ist es verboten hier zu sitzen? Sie müssen wissen, mitten in diesem Abteil, da ersticke ich", erklärt sie mit sehr ernster Miene.

„Na ja, direkt verboten ist es nicht. Es ist halt kein Sitzplatz." Der Mann denkt nach und sie schaut ihm hoffnungsvoll in die Augen.

„Gut. Wenn der Zug hält, müssen Sie aber den Platz frei machen, ja?", mahnt er und Justine nickt bejahend und schenkt ihm ihr schönstes Lächeln. „Ihr Ticket habe ich ja bereits gesehen. Gute Fahrt weiterhin."

Justine atmet auf, steckt das Kabel der Kopfhörer ins Handy und dreht die Musik auf. Jetzt hat sie ihren ganz persönlichen Schutzmechanismus wie einen Vorhang zugezogen und fühlt sich dahinter sicher und geborgen.

In Frankfurt hat sie eine Wartezeit von gut vierzig Minuten. Justine schlendert über den großen Bahnhof, hinaus ans Tageslicht, um sich auf dem großen Platz die Füße zu vertreten. Ein Fremdenführer begrüßt die ihm zugeteilte Gruppe und deutet in Richtung des Bahnhofs. Als Justine seinem Fingerzeig reflexartig folgt und sich umdreht, sticht ihr eine große Statue auf dem Dach des Bahnhofs ins Auge. Die Skulptur zeigt einen sehr muskulösen Mann, der eine mächtige Kugel schultert.

„...hilft Herkules, die Weltkugel zu tragen."

Was für eine kraftvolle Darstellung! Für einen kurzen Moment findet es Justine schade, nicht etwas mehr Zeit für einen Rundgang zu haben, denn sie hätte sich gerne mucksmäuschenstill der Gruppe angeschlossen. Aus Angst sich zu verlaufen, verlässt sie den Bahnhof aber nicht.

„Samosas, Samosas", ruft ein junges Mädchen mit langen schwarzen Haaren. Plötzlich merkt Justine, wie sehr ihr der Magen knurrt. Zwar hatte sie Obst und ein Avocado-Brot dabei, doch das war schon viele Stunden her. Das Mädchen winkt sie zu ihrem Stand. Justine wählt zweimal die fleischlose Variante und bezahlt mit einem Zehner.

„Stimmt so." Justine verneint lächelnd die Annahme des Wechselgelds. Die junge Köchin strahlt übers ganze Gesicht und wickelt Justine noch drei Halva-Kugeln in ein Papier.

„Die Samosas sind ja köstlich", schmatzt Justine vor lauter Begeisterung. Die frittierten, würzigen Teigtaschen Gebäck sind geschmacklich perfekt abgestimmt. Außen sehr knusprig, innen leicht cremig. Die Schärfe von Ingwer und Chili gepaart mit dem besonderen Aroma von Koriander und Kreuzkümmel.

Ein Gedicht! Hier, mitten am Frankfurter Bahnhof, da versteht jemand sein Handwerk.

Benisha ist der Name des indischen Mädchens, das Justine zum Abschied noch ein Frischetuch mit Eukalyptus und Zitrone für die Hände reicht. Justine bedankt sich ganz herzlich und streunt auf leisen Sohlen weiter durch all die Menschen um sie herum, bis sie auf der rechten Seite der Passage die Bahnhofsbuchhandlung entdeckt.

Bücherläden haben auf mich doch irgendwie eine große Anziehungskraft. In Hamburg hat sie sich oft stundenlang in die Leseecken verkrochen und ist so in andere Welten abgetaucht. Für Justine war es ein liebgewonnener Spleen geworden, sich blind irgendeinen Roman aus dem Regal zu greifen und mit dem Lesen zu beginnen. Ohne Blick auf das Cover und ohne den Klappentext zu lesen. Nicht selten hat sie das Buch dann gekauft, weil es sie so gefesselt hat. Aber d*afür reicht die Zeit heute nicht.* Sie tritt ein und schaut sich um.

Regionale Literatur. Justine nimmt sich einen Franken-Führer und blättert durch. Bei den Schlagwörtern sucht sie nach Klingenberg und wird fündig. Danach bestellt sie einen schnellen Espresso und überfliegt die Seiten zur Region. Irgendwie schon komisch, wie sehr sie das nach all den Jahren noch fasziniert. Justine geht es nicht um das Geld, nicht um das Erbe an sich.

Warum denkt Tante Vally nach all den Jahren gerade an mich?, ohne sich die Frage selbst beantworten zu können, stellt sie das Buch zurück ins Regal.

Im Regionalexpress angekommen, steuert Justine eine leere Sitzgruppe an. Es ist wenig los im Zug, so darf es für sie gerne weiter gehen. Justine wählt die Podcastfolge von „Psychologie to go“ aus und sinkt in ihren Sitz. Ein süßlicher Geruch von Kokos steigt ihr in die Nase. Sie hebt ihre Tasche und schnuppert.

Ah, das ist das Gebäck von Benisha. Justine nimmt das Päckchen mit den in Papier geschlagenen Halva-Kugeln aus dem Beutel.

Mhhh, wie das duftet! Was ist da Leckeres drin? Grieß vielleicht, dann etwas Nussiges ... Könnte Pistazie sein. Rosinen, Sesam, Kardamom. Die gelbe Färbung kommt von Kurkuma oder ist es vielleicht sogar etwas Safran? Justine beißt ein zweites Bällchen auf und untersucht das Innenleben des Gebäcks nochmal genauer. *Das Rezept wird leider Benishas Geheimnis bleiben.*

4. Klingenberg am Main

Nach einem weiteren Halt mit reibungslosem Umstieg in Aschaffenburg atmet Justine laut auf, als sie endlich den Namen „Klingenberg a. M.“ in weißer Schrift auf blauem Schild geschrieben liest. Aufregung lässt ihr Herz schneller schlagen. Sie ruckelt unruhig auf dem Sitz hin und her, bis der Zug mit einem lauten Quietschen zum Stehen kommt und sie aussteigen darf.

Am Bahnsteig sieht sie sich um. Vor steht ihr ein Sandsteingebäude mit kaum noch lesbarer Aufschrift. Der Schaffner pfeift und steigt ein, die Türen schließen sich. Der Zug rollt langsam los und gewinnt zunehmend an Tempo, als wolle er vor ihr davonrennen. Niemand sonst war ausgestiegen und so steht Justine plötzlich mutterseelenallein an Gleis 2. *Als hätte mich das alte Leben ausgespuckt, weil ich ungenießbar geworden bin.*

Die Energie verlässt schlagartig ihren Körper und sie fängt an zu weinen. *Warum tue ich mir mit den einfachsten Dingen immer so schwer?* Justine schüttelt sich und macht sich auf den Weg, links den Koffer in der Hand und rechts das Handy mit der Navigationsroute für Fußgänger. Und wie ihre negativen Gedanken es so heraufbeschwören, steht sie prompt vor der ersten Straßensperre.

Scheinbar gibt es Bauarbeiten an der Brücke und ein Weiterkommen ist auf diesem Weg nicht möglich. Weit und breit niemanden, den ich fragen könnte.

Justine steht minutenlang unentschlossen vor der Absperrung, die Sonne brennt erbarmungslos hoch über ihrem Kopf und quält sie wie ein Brennglas. Sie hat mit vielem gerechnet, aber nicht damit, dass sie noch nicht mal den Weg in die Altstadt finden würde. Die Tränen kullern jetzt hemmungslos von ihren Wangen. *Wo war nur die ganze gute Energie hin?* Dann endlich gibt es einen älteren Herrn mit Rad, der für Justine bremst und ihr den Weg zeigt. *Puh, die Stimmung steigt.*

Mitten auf der Mainbrücke bleibt sie stehen und beobachtet den Fluss. Wer die Elbe gewohnt ist, für den gleicht der Main bald einem kleinen Rinnsal. Sie wirft eine Cent-Münze in den Main. Das hatte sie sich schon auf der Fahrt vorgenommen, denn etwas von sich wollte sie auf jeden Fall gleich hierlassen. *Ob ein Cent-Münze den früheren Glückspfennig ersetzt hat?*

Direkt unter ihr fahren kleine Motorboote vorbei und von oben sieht es so aus, als teilen sie den Fluss in zwei Hälften.

Der Rubikon ... so fühlt es sich also an. Ich werde jetzt den Rubikon überschreiten.

„Ahoi!“, ruft der Kapitän eines voll beladenen Kohletankers, als wäre er der Gastgeber in dieser Stadt. Seine Selbstverständlichkeit steckt sie an. Justine flüstert in alter Hamburger Manier: „Moin, Moin, Käpt'n“.

Faszinierend, die ganzen sattgrünen Steilhänge mit den Weinreben. Oben am Berg thront die Burgruine „Clingenburg“, den Namen hatte Justine im Stadtführer gelesen. Für jemanden, der aus dem Norden angereist kommt, bietet sich hier eine Weinstadt-Idylle aus dem Bilderbuch dar.

„Hallo Tante Vally, da bin ich! In Deiner so geliebten Stadt am Main. Danke für die Einladung."

Nachdem Justine ihr Hotelzimmer bezogen hat, nimmt sie eine Dusche. Der Nachmittag ist noch jung, deshalb geht es nun weiter auf Erkundungstour. Sie hat die Route der Seltenbachschlucht herausgesucht und macht sich mit einer Flasche Wasser im Beutel auf den Weg. All diese kleinen Gassen, aufwendig mit kleinen Mosaikpflastersteinen belegt, das alte Fachwerk, das größtenteils aufwendig restauriert wurde, fasziniert sie. Vor einem Haus bleibt Justine stehen und bewundert das hellblau angestrichene Fachwerk, denn so etwas gibt es in Hamburg nicht zu sehen. Um einen kleinen Brunnen ranken sich schmiedeeiserne Weinreben mit üppigen Rispen. Eine schwarze Katze mit weißer Schnauze liegt schlafend in der Sonne.

„Ciao Bella ... Prego?", fragt der Eisverkäufer, als sich Justine die Auslage anschaut.

„Eine Kugel von dem Klingenberger Eis bitte. Was ist das genau?"

„Oh ... das ist unsere neuste Kreation. Ein Most-Eis."

„Mhhh ... klingt gut. Hier, stimmt so. Vielen Dank"

„Grazie, lassen Sie es sich schmecken und beehren Sie uns recht bald wieder."

Justine probiert von der ihr bisher unbekannten Eissorte und ist begeistert von dieser Cremigkeit in Kombination mit dem vollen Geschmack von Äpfeln, eine feine Note Zimt und Zitronenabrieb.

„Vorzüglich, Danke!“, ruft sie lachend zurück. Sie spaziert weiter, jetzt mit Kurs auf die Schlucht. Diese Stadt ist im Vergleich zu Hamburg menschenleer. Justine schaltet ihr Handy aus, um für einen Moment nicht mehr erreichbar zu sein, sie gönnt sich jetzt die völlige Ruhe.

Die kalten, groben Felsen in der Schlucht fangen sie ein und entführen sie in eine andere Welt. Überall ragen riesige Farne auf den schmalen Pfad, der entlang eines Bachlaufes führt. Was als Kind schon faszinierend auf Justine gewirkt hat, haut sie jetzt schier um. Sie läuft andächtig weiter in die Schlucht hinein und staunt über das Schauspiel der Sonne im quirligen Wasser, es blitzt und blinkt, als würde Gold darin liegen.

Hier ist ein Ort, an dem man eins werden kann mit der Natur ... An dem man sich vor der Welt und ihren Anforderungen verbergen kann. Hier wird Justine für einen Moment von den massiven Felsen verschluckt, als hätte es sie nie gegeben. Sie wünscht sich, völlig unbedeutend, ja, unsichtbar zu sein.

An einem Hang sind kleine Löcher zu sehen. *Vielleicht von Wasserratten*? Justine denkt an die alte Geschichte und stellt sich vor, wie von dort in wenigen Stunden die Elfen hinausfliegen, um ihre guten Taten zu verrichten.

„Immer wenn du ein Spinnennetz siehst, weißt du, dass die Elfen nicht weit sind. Denn an den Spinnennetzen hängen sie ihre Flügel zum Trocknen auf.“, so war eine von Valeries Erzählungen damals.

Justine erinnert sich, wie sehr Tante Vally mit der Natur verbunden war. Um heute einen Feuersalamander zu sehen, ist es gerade viel zu trocken, doch sie erkennt die Stelle wieder, wo sie vor über zwanzig Jahren den ersten und einzigen Salamander ihres Lebens gesichtet hatte. Als sie genauer hinsieht, entdeckt sie in einem kleinen Becken im Bachbett einige Larven von dem kleinen Reptil. Plötzlich lautes Geschrei, Justine fährt ruckartig zusammen.

„Puh, ihr habt mich aber erschreckt!", tadelt Justine. Es waren nur zwei Eichelhäher, die sich streiten. *Hier gibt es sie also noch, diese wilde Natur.*

Ein Weg durch die Schlucht führt auch hinauf zur Burg. Justine schleicht durch das alte Gemäuer und malt sich aus, wie das Leben hier wohl einmal ausgesehen hat. Überall hängen Plakate für Veranstaltungen, auch direkt auf der Burg: Festspiele, Konzerte, Musicals. Klingenberg hat an Unterhaltung richtig was zu bieten.

Auf der großen Terrasse genießt sie einen weiten Ausblick über die Weinberge und das sattgrüne Maintal. Es scheint, als hätte sich der liebe Gott für dieses schöne Fleckchen Erde besonders viel Muße aufgehoben. Kein Wunder, dass es Valerie gut achtzig Jahre lang hier ausgehalten hat.

5. Das Alte Gewürzamt

Randvoll mit schönen Eindrücken kehrt Justine aus ihrer Reise in die Vergangenheit zurück, mit all diesen Erinnerungen. Sie mag den Namen Seltenbach, dem irgendjemand diesem eigensinnigen kleinen Bachlauf einmal gegeben hat. Auch sie selbst hält sich nicht selten für seltsam im Sinne von besonders. Und während sie weiter gedankenverloren durch die Gassen streift, entdeckt sie ein Ladengeschäft, dass ihre Aufmerksamkeit auf sich zieht. Sie kann sich nicht erinnern, es schon einmal gesehen zu haben, doch es lockt sie beinahe magisch an.

„Mama, hast du Zimt in die Soße gegeben?“, hatte Justine ihre Mutter gefragt, als sie ein kleines Mädchen war.

„Ja, mein Schatz. Das schmeckst Du heraus?“

„Ich hatte einen kurzen Grießbrei-Moment ... Deshalb. Lecker, ich wusste nicht, dass man Zimt auch zu einer Bratensauce geben kann.“

„Ach, man kann es zumindest probieren. Mit der Zeit stellt sich heraus, was schmeckt und was nicht so gut passt. Ich liege auch manchmal noch daneben. Weißt du noch, als ich den Fisch mit Vanille kombiniert habe? Das hat euch nicht so gut geschmeckt.“

„Du bist also eine Erfinderin von neuem Geschmack!“, schlussfolgerte Justine und ihre Mutter musste lachen.

Die Welt der Gewürze verzauberte sie schon als kleines Mädchen und bis heute ist davon nichts verloren gegangen. Anders als andere Kinder vielleicht, mochte Justine zum Beispiel schwarzen Pfeffer, Kümmel und fruchtig-scharfe Currys schon im Alter von gerade mal 5 Jahren.

Justine staunt über den massiven Sandstein, der den unteren Teil der Fassade ziert. Sandstein war hier überall verbaut. Sie erinnert sich in diesem Moment wieder daran, dass Valerie einen Keller aus ebensolchem Gestein besessen hatte. Tante Vally kultivierte damals auf Strohballen sogar Champignons, die Justine ernten durfte. Es herrschte ein herrlich angenehmes, erdiges Klima in diesem Keller, auf den Regalen rund herum war eine Auslage von Weinflaschen und etwas Gemüse.

Sie betritt den Gewürzladen und sieht sich um. Direkt im Eingangsbereich hängt ein rot schimmernder, großer Deckenleuchter. Ein Verkäufer an der Theke befindet sich in einem Beratungsgespräch und grüßt nur kurz, dafür mit einem herzlichen Lächeln. Justine ist ganz froh darüber, für sich zu sein und allein durch die Regale zu stöbern. Es gibt zahlreiche grüne Döschen, die gefühlt alle Gewürze auf der Welt enthalten. Auf einem Tisch in der Mitte stehen größere Gläser, darin sind verschiedene Gewürzproben. In den Auslagen ringsum gibt es dazu passenden Ergänzungen wie Pfeffermühlen, Reiben und Weine. Sie hat so oft mit den unterschiedlichsten Gewürzen hantiert, doch hier bekommen sie eine ganz eigene, große Bühne. Justine schaut ganz genau hin und versinkt in diesen Beobachtungen. Das kleine schwarze Pfefferkorn trägt einen ledrig anmutenden Mantel, dass es um sich geschlungen hat wie ein wabenförmiges Netz. Der Name schwarzer Pfeffer wird dem Produkt gar nicht ganz gerecht, denn es schimmert in den unterschiedlichsten Nuancen, zeigt zahlreiche Brauntöne. Justine geht weiter zum Sternanis. Das Gewürz erscheint ihr wie eine Blüte gefertigt aus Holz und Rinde, so fein ausgearbeitet von der Natur, wie es ein Handwerk nicht schaffen könnte. Sie öffnet das Glas mit der echten Vanille, schließ die Augen und atmet tief ein.

„Riecht gut, was?“, fragt der junge Mann und strahlt übers ganze Gesicht. Justine zwinkert ihm nickend zu und schlendert weiter.

Als sie den Laden wieder verlässt, ist es bereits eine ganze Stunde später. Im Hotel breitet sie alles auf dem Bett aus, lauter kleine Besonderheiten, die sie in Hamburg an diesen Tag erinnern werden. Der junge Mann hat sie hervorragend beraten.

Das Handy klingelt.

„Hallo Tini, hattest Du einen guten Tag?“, fragt Tom. „Wunderbar“, schwärmt sie. „Ich habe mir vorgenommen, wieder häufiger selbst zu kochen, so wie früher. Hier gibt es einen kleinen Laden, der mich sehr inspiriert hat. Lass Dich überraschen.“

„Klingt gut. Ich habe Theo und Lars eingeladen, sie kommen in einer Stunde. Wir wollen bisschen FIFA zocken, deshalb rufe ich jetzt schon an.“

„Okay, hast du denn was eingekauft?“, will Justine wissen.

„Lars bringt zwei Sechser und Chips von der Tanke mit."

„Ah ... gut, dann wünsche ich euch viel Spaß und wir hören uns dann morgen. Ich melde mich, wenn ich im Zug sitze."

Nach dem zehnminütigen Austausch ist das Telefonat wieder beendet. Justine streckt ihren Fuß vom Hotelbett aus in die Luft, streift sich den zweiten Schuh ab und gähnt. Dann knurrt ihr Magen mit einem Mal so laut, dass sie lachen muss. Die ganzen Aromen haben ihren Appetit angeregt und bis auf drei kleine Probierhäppchen im *Alten Gewürzamt* und das Eis hatte sie nach der Ankunft nichts mehr zu sich genommen.

Also los, lass uns was futtern.

„Die Nummer drei aus der vegetarischen Karte bitte. Dazu den Spätburgunder vom Klingenberger Schlossberg, der klingt sehr gut", wählt Justine aus der fränkischen Karte der Häckerwirtschaft aus.
Sie hat einen lauschigen Platz im Freien bekommen. Als Tisch dient ein altes Holzfass mit einem roten Deckchen, direkt über ihr ranken die Reben. *Noch sind die Zweige fast kahl, doch im Herbst, wenn alles voller Weinblätter und Trauben hängt, sieht das sicher noch viel schöner aus.*

„Einmal das rote Frankengold für die junge Dame, zum Wohlsein."
Als das Glas serviert wird, ist er angenehm kühl. Justine mag es, wenn der Rotwein etwas kälter ist, gerade bei diesen Temperaturen. Sie schwenkt das Glas und hebt es gen Himmel.

„Auf Dich, Tante Vally."

Es schmeckt vorzüglich. Im Französischen bedeutet Bouquet auch Blumenstrauß, daher passt die Bezeichnung auch wunderbar zu dem charakteristischen Duft der Weine. Der hier schimmert rubinrot im Sonnenlicht.
Die Kellnerin bringt einen kleinen Salat, Klöße mit einer schön einreduzierten, kräftigen Dunkelbiersauce und Scheiben von gebratenen Sommersteinpilzen aus der Region sowie ein Schälchen Rotkraut und eingekochte, süß-säuerliche Johannisbeeren. Das Kraut ist handgeschnitten und verfeinert mit etwas grob gewürfeltem Apfel, Wachholderbeere und Lorbeerblatt. *Lecker!*

6. Valeries Brief

Erfüllt vom Tag und aufgeregt vor dem morgigen fällt Justine in einen tiefen, traumlosen Schlaf. Als sie mit dem Wecker um 7 Uhr erwacht, lacht schon die Sonne zum Fenster herein. Am Bahnhof steigt sie nach einem Kaffee, etwas Obst und Körnerbrötchen in die Westfrankenbahn ein und fährt Richtung Obernburg. *Gleich werde ich erfahren, was Tante Vally mir vererben möchte.*
An dieses „Sicher nur Schulden“ von Tom, wollte Justine nicht glauben. Im Wartebereich nestelt sie aufgeregt an ihrem Umhängebeutel herum, bis sie aufgerufen wird. Dann schließt sich eine schwere Eichentür und die Testamentseröffnung beginnt.

Eine halbe Stunde später erkundigt sich der Notar, ob sie alles verstanden hat oder ob noch Fragen bestehen.

„Ich habe dann sechs Wochen Zeit, um mich zu entscheiden, das Erbe anzunehmen oder auszuschlagen, richtig?“, versichert sich Justine.
Er nickt, schüttelt ihr die Hand und bringt sie zur Tür.

„Hier ist noch ein Umschlag, den Frau Dupont dem Testament beigefügt hat. Er ist an Sie persönlich adressiert. Sie können ihn später in aller Ruhe lesen, für die Testamentsverkündung ist er ohne Relevanz.“
Draußen verstaut Justine den Brief sorgsam mit den anderen Dokumenten in ihre Tasche und wandert wieder Richtung Bahnhof.

Doch Moment!

„Schauen Sie es sich an, bevor Sie sich entscheiden“, riet ihr der Notar noch im Gehen. Ehe sich Justine versieht, sitzt sie im Taxi Richtung Klingenberg, und der Taxifahrer hat die Adresse aus der Erbverkündung in sein Navigationsgerät eingegeben.

„Hier irgendwo muss es sein“, sagt er und parkt den Wagen.

„Okay, warten Sie bitte auf mich“, weist Justine ihn an.

„Die Uhr läuft aber weiter, junge Dame“.

„Das macht nichts, ist in Ordnung.“

Justine schaut sich um und entdeckt eine Hofeinfahrt, die sie langsam hinauf geht. Das schwere, eiserne Tor ist natürlich verschlossen. Sie geht um das Grundstück herum und traut ihren Augen kaum. Vor ihr erscheint das Landhaus von der Postkarte an ihrem Schreibtisch.

„Das gibt’s doch nicht!“, ruft Justine laut aus. Allerdings ist es in die Jahre gekommen und von wilden Gräsern und Pflanzen umwuchert. Mit einem Mal kommt die Erinnerung Stück für Stück zurück, denn hier in diesem Haus lebte sie einen Sommer lang mit Tante Valerie. In diesem Haus lebte die Liebe. Valerie war für Justine wie eine Oma, die sie nie wirklich hatte.

„So ein Mist“, flucht Justine beim Versuch, die Mauer hochzuklettern. Die Hose hat Grasflecken bekommen und Justine auch noch eine blutige Schramme. Der Taxifahrer hat das Fluchen gehört und kommt herbeigeeilt.

„Was ist passiert?“, fragt er ganz außer Atem.

„Wären Sie so lieb, mir Ihre Hände für eine Räuberleiter zu borgen?“, säuselt sie den Mann an.

„Das dürfen Sie nicht, das ist Hausfriedensbruch!“ mahnt er.

„Natürlich darf ich das, schließlich ist das mein Haus!“, triumphiert Justine. Der Mann kommt ihrer Bitte nach. Mit einem Schwung sitzt sie auf der Mauer und springt in den Garten. *Wie großartig sich das anhört ... mein Haus.*
Die Stockrosen, die rings herum emporragen, sind weit höher als Justine selbst. Ein traumhaftes Anwesen. Sie schleicht ums Haus und versucht, sich Zugang zu verschaffen, doch keine Chance. Alles ist verriegelt. Der Notar hatte ihr mitgeteilt, dass sie den Schlüssel erst nach Erbannahme erhält, wenn Sie im Grundbuch eingetragen ist. Beide Hände zu einem schützenden Dreieck vor den Augen, schaut Justine durch die zwei kleinen Fenster, die nicht mit Klappläden verschlossen sind. Sie sieht einen Boden aus alten Mosaikfliesen im Flur und eine Treppe, viel mehr allerdings nicht. Es scheinen Möbelstücke vorhanden zu sein, die aber mit Überwürfen abgedeckt sind. Justine macht mit ihrem Handy Bilder von allem, was ihr – zurück in Hamburg – bei einer Entscheidungsfindung mit Tom helfen könnte. Das Haus ist bald hundertvierzig Jahre alt und war schon immer im Besitz der Familie Dupont, viel mehr Angaben konnte man ihr leider nicht machen.

„Ich müsste dann weiter“, hört sie den Taxifahrer hinter der Mauer rufen. So muss sich Justine schweren Herzens und fast unverrichteter Dinge von dem Ort trennen, den sie gerade erst wieder gefunden hat. Über einen großen Holzklotz gelingt ihr der Überstieg und sie landet nur knapp neben dem Fuß des Taxifahrers, der sie beim Herunterklettern stützt. *Ups.*

„Lassen Sie mich gerne gleich hier raus", bittet Justine den Fahrer. Sie möchte jetzt allein sein und ab der Kreuzung kennt sie sich wieder aus. Sie zahlt großzügig und schlendert Richtung Main.

Ahhh, das tut gut … Neben ihr stehen ihre Schuhe, die Füße sind in den kalten Fluss gestreckt. Ein Fisch springt aus dem Strom in die Luft und macht einen Schnalzer.

Da sitze ich nun, auf der anderen Seite des Rubikons. Das Gleichnis begegnete Justine vor längerer Zeit in einem philosophischen Artikel und hat sie seither immer wieder mal gedanklich eingeholt. Es bedeutet vereinfacht gesagt so viel wie: Wenn der Fluss erst einmal durchquert ist, dann gibt es kein Zurück mehr.

Sie nimmt den Brief aus der Tasche und dreht ihn einige Male hin und her. Auf dem fliederfarbenen Umschlag steht in geschwungenen Buchstaben ihr Name. Justine streicht vorsichtig mit der Fingerspitze über die Schrift und stellt sich Tante Vally vor, wie sie ihren Namen dort niedergeschrieben hat. Justine schließt die Augen und riecht an dem Umschlag. Der Geruch ist so sanft und angenehm, wie eine Umarmung von Valerie es gewesen sein muss. Im Moment hat sie nicht die Ruhe, die Zeilen von Valerie zu lesen. Das macht sie dann gleich in aller Ruhe im Hotelzimmer.

An Justine Argon
persönlich

Klingenberg a.M.

Geliebte Justine,

wenn Du diesen Brief in den Händen hältst, dann ist mein letzter Wunsch in Erfüllung gegangen.

Ich werde bald nicht mehr auf Erden sein, daher habe ich eine Detektei beauftragt, in der großen Hoffnung, dass sie Dich ausfindig machen können. Weißt Du, meine Liebe, so mitten im Leben habe ich mir über den Tod keine Gedanken gemacht. Viel zu sehr habe ich jeden einzelnen Tag genossen. Und wer schon könnte verstehen, was mir im Leben so wichtig war? Jetzt, wo mein Körper Schwächen zeigt, kommen mir all diese Fragen in den Sinn. Ich habe keine eigenen Kinder und keine Verwandtschaft mehr. Meine Freunde schätze ich sehr, doch mein Nachlass wünscht eine besonders feine Seele zur Obhut.

Du sollst wissen …
Gebäude und Grundstück sind frei von Schulden. Das Landhaus ist trotz seines betagten Alters und mannigfaltiger Erinnerungen in einem guten und gepflegten Zustand. Ich habe dort bald 80 Jahre meines Lebens verbracht und ich bete zu Gott, dass meine Seele dort weiterhin zu Hause sein darf. Wenn Du Dich entscheiden könntest, das Haus anzunehmen, dann werde ich Dir beistehen, das ist fest versprochen. Mit der Zeit wirst Du einiges erneuern lassen müssen und leider werde

ich Dir dafür nur wenig Erspartes dazu legen, doch bei einem bin ich mir sicher. Das Haus besteht auch noch weitere 100 Jahre fort, wenn es niemand abreißt und sich ein Herz liebevoll darum kümmert.
Lies genau! Eine Horde von Baggern würde nicht nur das Haus zerstören. Zum Nachlass gehören des Weiteren noch zwei kleine Weinberge, die im Moment an einen befreundeten Winzer namens Peter Schuster aus der Region verpachtet sind.

Justine, uns war nur ein gemeinsamer Sommer geschenkt. Beim Abschied hoffte ich noch auf das nächste gemeinsame Jahr, das dann aber nicht kommen sollte. Doch dieser eine Sommer mit Dir, der war einer der erfülltesten in meinem reichen Leben. Ich war verzaubert von Deinem Wesen, Du warst die schönste Knospe in meinem Garten. Was haben wir viel gelacht und erlebt. Meine Erinnerungen an Dich sind heute noch ganz klar, sie haben an ihrer erheiternden Leichtigkeit über alle die Jahre nichts eingebüßt. Ich sehe vor mir Deine Neugierde für meine Kräuterküche, Deine Liebe zu meinen Katzen und überhaupt zu allen Lebewesen. In Dir habe ich meine sensible Seele wiedererkannt, in Dir konnte ich Heimat finden. Du warst Tochter, Enkelin und Elfe für mich.

Einige Male habe ich Deinen Eltern noch Briefe und Ansichtskarten geschrieben. Von Deiner Familie kamen Deine wunderschönen Bilder und liebe Zeilen Deiner Mutter per Post. Dann seid ihr mehrfach umgezogen und so hat sich der Kontakt leider verloren und meine Post konnte nicht mehr zugestellt werden.

Auch Deine Mutter war immer ein ganz besonderer Mensch für mich. Wie ich auf der Suche nach Dir leider erfahren musste, ist sie bereits vor Jahren viel zu früh verstorben. Mein herzlichstes Beileid. Das war sicher schwer für Dich, Jus. Erinnerst Du Dich noch daran? So habe ich Dich immer genannt. Ich habe mich den Umständen gefügt und Dich ganz fest im Herzen behalten. Heute wünschte ich, ich hätte früher nach Dir gesucht.

Da ich nichts über den Dein aktuelles Leben weiß, siehe den Nachlass bitte als Angebot und um Gottes Willen nicht als eine Verpflichtung an. Wenn es sich für Dich vereinen lässt, so spüre ich, Du könntest auf diesem Stückchen Erde glücklich sein.

Meine kleine, große Jus, ich werde da sein und Dich willkommen heißen, wenn Du über die Schwelle des Landhauses trittst. Und ein Schutzengel sein, auf alle Deinen Wegen.

In ewiger Verbundenheit,
Tante Valerie

Justine muss das Lesen unterbrechen und absetzen, weil sie hinter dem Tränenschleier nichts mehr erkennen kann. Sie sucht nach einem Taschentuch, dann weint sie hemmungslos in ihr Kopfkissen. Der Brief ist schon acht Monate alt, kurz darauf war Tante Vally an den Folgen einer Lungenentzündung im Krankenhaus verstorben.

7. Zurück in Hamburg

„Justine, ich erkenne dich nicht wieder. Was ist los mit Dir?“ Tom reagiert unerwartet heftig auf Justines Euphorie über das Erlebte

„Lies doch bitte mal den Brief von Tante Valerie, dann würdest du es besser verstehen.“

„Wozu? Ich habe keine Lust auf diese alten Gefühlsduseleien. Diese Frau geht mir gehörig auf den Wecker.“

„Diese Frau ist alles, was mir noch geblieben ist.“

„Es ist sehr großherzig von ihr, dir was zu vererben. Doch wir sind uns doch beide einig, dass du das Grundstück verkaufen wirst, oder?“

„Du bist dir einig, dass du das gerne so hättest. Mich hat diese Reise sehr berührt.“

Ist es die Angst, mich zu verlieren oder einfach nur die Angst, dass diese dünnwandige Blase platzt, in der wir leben?, fragt sich Justine.

Nach dem Streit verzieht sich Tom ein Wochenende lang zu seinen Eltern. Justine ist es ganz recht, dass er gefahren ist, denn diesen Miesepeter braucht sie gerade nicht um sich herum.

Als er nach vier Tagen zurück kommt, kehrt wieder ein wenig Normalität ein. Dies allerdings nur, weil Justine und

Tom das Thema mit dem Nachlass komplett meiden. In Summe sind beide sehr wortkarg und distanziert, jeder ist mit sich selbst beschäftigt. Auch in der zweiten Woche hat außer ein paar höflichen Floskeln und der Abstimmung für Einkäufe nicht viel Kommunikation stattgefunden. Für Justine eine beklemmende Situation, denn sie möchte gerne darüber reden. Und auch die Zeilen von Tante Valerie gehen ihr nicht mehr aus dem Kopf. Es bleiben ihr noch knapp vier Wochen Zeit, um eine wichtige Lebensentscheidung zu treffen. Der Nachlass ist wirklich schuldenfrei. Laut Tom erbt sie ein „uraltes Haus" auf einem wertvollen Stück Boden, doch für Justine ist es längst viel mehr als das. Tante Vally wünschte sich, dass sie das Erbe antritt und das Haus behält, ja sogar selbst dort einzieht. Wenn Justine das nicht tut und das Erbe ausschlägt, wird das Haus vermutlich von irgendwelchen gierigen Investoren erworben und dem Erdboden gleich gemacht, um dort modernen Mehrfamilienhäusern zu errichten.

Jetzt ärgert sich Justine darüber, dass sie sich nicht mehr Zeit gelassen und sich vom Taxifahrer hat drängeln lassen. Zu kurz war der Aufenthalt, zu zahlreich die Eindrücke. Trotz der Bilder fällt es ihr schwer, sich an den Ort zurückzudenken. Meist überstrahlen die Erinnerungen aus der Kindheit den Kurzbesuch vor zwei Wochen.

„Justine ... Hallo?", fuchtelt ihre Kollegin Bea mit der Hand vor ihren Augen herum. „Wo bist du bloß mit deinen Gedanken. Müllers wollten die Headline doch in Ginster Gelb und nicht in Senf Gelb."

„Oh, du hast recht.“ Justine kann sich kaum konzentrieren, weil Bea seit einer gefühlten Ewigkeit mit offenem Mund laut schmatzend einen Kaugummi kaut. *Die Misophonie lässt grüßen.*

Mit einem erstaunten Tonfall fragt sie: „Na, wovon träumst Du denn gerade? Von Tom oder gibt's etwa einen anderen?“

Justine hat Bea kurzfristig zugesagt, ihr zu helfen, weil sie heute früher gehen muss. Sie hat spontan einen Babysitter bekommen und nun das für Justine gefühlt zwanzigste Tinder-Date.

„Von diesem Haus hier.“ Justine deutet auf die Karte auf ihrem Schreibtisch.

„Ah, hübsch. Leider nichts für unseren schmalen Geldbeutel, und wahrscheinlich auch ziemlich öde, so ein Haus auf dem Land. Na ja, du hast ja deinen Mann schon gefunden, da geht sowas schon eher.“ Bea tätschelt Justine kurz die Schulter und geht zurück an ihrem Schreibtisch im Großraumbüro. „Es wäre super, wenn du dich gleich nochmal richtig konzentriert, dass wir mit dem Projekt noch rechtzeitig fertig werden.“

„Wir? Du meinst wohl ich ...“

„Hast du noch was gesagt?“

„Nein, nur laut gedacht.“

Mein Leben verläuft doch seit einigen Jahren relativ reibungslos, ich habe Tom und die Arbeit und ... und was? Okay, sonst habe ich eigentlich nichts. Nein, das stimmt so ja nicht. Nicht nichts! Hat Tom vielleicht sogar recht mit seiner Empörung? Wie kommt Valerie dazu, mich so aus heiterem Himmel vor eine solche Entscheidung zu stellen? Was habe ich denn bitte mit alledem zu tun? Konnte Tante Vally denn wirklich keine anderen Menschen außer mich für das Erbe finden?

Vor lauter Frust reißt Justine die verblichene Karte vom Monitor ihres PCs und wirft sie in den Mülleimer. *Die Karte hatte sicher Tante Vally an meine Mutter geschickt.* Sie lässt den Kopf in ihre Hände sinken und atmet laut aus.

Das laute Klackern von Absätzen verrät die Ankunft von Ines. Justine möchte sie begrüßen, doch ihr Kopf bleibt regungslos in ihren Händen liegen.

„Baby, was ist denn los mit Dir?“, fragt Ines besorgt, während sie ihr mit dem Handrücken über die Schulter streichelt. *Schon die Zweite, die mich vermeintlich aufmunternd streichelt, weil ich nicht in der gewohnten Spur laufe.*

„Komm, mach Schluss für heute und gönn Dir einen feucht-fröhlichen Abend mit deinem Tommy, das wird euch beiden sicher guttun. Hier hast Du eine kleine Finanzspritze. Macht was Feines draus, nur bitte keine Kinder, hörst Du!“

Ehe Justine sich versieht, liegen vor ihr hundert Euro und eine Minute später hört sie draußen den Motor von Ines‘ Porsche aufheulen. *Hätte ich diese Frau nicht irgendwie ins Herz geschlossen, ich würde sie unausstehlich finden.*

Den ganzen Abend hat Justine nach alten Häusern mit Sandsteinkeller gegoogelt und nicht nur Schönes über deren Bausubstanz gelesen. So eine Immobilie und auch das Grundstück bedeuten eine große Verpflichtung. Die

Angst vor einer unbedachten Kostenfalle ist bei Justine neben den aufgewühlten Emotionen groß, gerade, wenn man wie sie gerne mal vom Schlimmsten ausgeht. Sie hat zwar eine kleine Rücklage, aber zum Leben allein reicht das nicht. Dann noch die Distanz von Hamburg nach Klingenberg. Wie sie es auch dreht und wendet, sie erbt sprichwörtlich die Katze im Sack. Weit nach Mitternacht ist sie auf dem Sofa eingeschlafen. Sie hört ihn nicht, als Tom gegen 2 Uhr nach Hause kommt.

Als sie am Morgen erwacht, liegt sie immer noch auf dem Sofa. Tom liegt im Schlafzimmer und schnarcht hörbar. Es gab in all der Zeit nicht einen einzigen Tag, an dem er vor ihr aufgewacht ist. Wenn er sich hinlegt, dann schläft sofort ein, wenn der Wecker klingelt, wacht er auf. So simpel ist das bei ihm. Als Sohn vom Chef hat er in der Firma keine festen Arbeitszeiten. Manchmal beneidet ihn Justine darum, denn auf sie wartet heute wieder mal ein voller Tag.

Sie duscht wie immer eiskalt. In der Bahn setzt sie sich die Kopfhörer wie Scheuklappen auf, den Kopf auf den Boden gerichtet, damit sie bloß niemand anspricht. Dann ein starker Kaffee und ab in die Arbeit verkriechen.

Leider warten gerade heute drei Kundentermine, was für Justine mit einem entsprechenden Mehraufwand an Energie verbunden ist. Als sie an ihren Schreibtisch tritt, sieht sie die alte Ansichtskarte wieder auf ihrem Tisch liegen.

„Wer war das?!“, ruft Justine.

„Olga hat die Karte beim Saubermachen im großen Papiermüll entdeckt und sie mit einem nicht gerade unerheblichen Aufwand für dich herausgefischt. Niemand von uns weiß, wie sie in den Müll gelangen konnte, wo sie dir doch so viel bedeutet“, erklärt ihre Kollegin Bea, während sie laut kauend einen Kaugummi bearbeitet. Justine sinkt auf den Stuhl und starrt auf die Karte. Olga ist die Büro-Reinigungskraft. Und in diesem Moment ist Justine nicht mehr sicher, was sie gerade mehr berührt. Olgas Aufmerksamkeit und Einsatz, um die Karte zu retten, oder dieses Haus?

„Du kannst mich ruhig mal fragen, wie mein Date gestern war.“

„Sorry, Bea. Ich habe gerade viel um die Ohren. Also, wie war es gestern?“

„Ich sag dir: Er ist nicht gerade die hellste Kerze auf der Torte, aber sonst eine Sahneschnitte durch und durch! Und seine Augen ... himmelblau. Und küssen kann der!“

„Seht ihr euch denn wieder?“

„Nein, ich glaube nicht. Das war mehr was Einmaliges. Einmalig schön.“ Bea seufzt mit rosigen Wangen. *Wann ich wohl das letzte Mal solche Wangen hatte?*

8. Point of no return

„Lach nicht so doof hier herum, sondern hilf mir lieber!“, sagt Justine tadelnd. „Was würdest Du an meiner Stelle tun? Oder hast Du vielleicht genauso wenig Ahnung wie ich? Wofür habe ich Dich denn dann bei mir aufgenommen?“.

„Mit wem sprichst Du, Tini?“, ruft Tom aus dem Nebenzimmer.

„Ach, nur mit mir selbst“, erwidert sie schnell. Vor ihr liegt die Spielkarte mit dem feixenden Joker. Wie zu erwarten war, bleibt er stumm.

„Na, Du bist mir vielleicht einer!“, schimpft Justine und steckt ihn wieder zurück in den Geldbeutel.

„Ich gehe eine Runde runter an die Elbe, Tom. Bis später“, ruft sie und ist schon durch die Tür.

Hamburg ist groß, aufregend, divers. Eine Metropole, in der sicher viele Menschen gerne leben. Doch Justines Zuhause ist Hamburg nicht. Hier hat sie einfach kein „Daheim“-Gefühl. Weder in ihrer gemeinsamen Wohnung noch in der Stadt selbst und auch nicht bei Tom. Ihr wird schwindelig und sie muss sich setzen. Diese Ehrlichkeit vor sich selbst trifft sie hart, wie einen Faustschlag ins Gesicht. Das hier ist gar nicht ihr Leben, sondern nur eine vorübergehende Haltestelle. Ein Platz im Wartezimmer vor der Tür des Lebens. Herzrasen. *Rumms.*

Stille.

„Moin, moin … Lütte, kannst Du mich hören?“
Justines Augen öffnen sich nur langsam, sie sieht alles verschwommen, während ihr jemand etwas unsanft die Wange tätschelt.

„Welcher Wochentag ist heute?“

„Ähhhh … Mittwoch?“

„Allerbest! Du bist wieder bei Bewusstsein.“ Eine Traube von Menschen steht um sie herum und starrt sie an, wie sie da auf dem Boden liegt. Die rauchige Stimme stammt von einer burschikosen Dame, die über ihr kniet.

„Soll ich den Krankenwagen rufen, oder geht es wieder, Mäusken?“

„Oh, ich glaube, es geht wieder. Vielen Dank.“
Die Dame reicht ihr die Hand und hilft ihr langsam auf die Beine.

„Gehen wir lieber noch ein Stück, ich möchte sicher gehen, dass du nicht gleich wieder zusammenklappst.“
Schweigend spazieren sie eine Weile am Wasser entlang.

„Danke.“

„Wofür?“

„Für Ihre Hilfe.“

„Weeste, sag ruhig Du zu mir. Auf‘m Kiez, da gibt’s kein Sie. Ich bin Ursula, aber alle nennen mich Uschi. Mir gehört eine Kneipe auf St. Pauli.“

„Justine, sehr erfreut.“

„Was hat dich so aus den Latschen gehauen?“

„Wahrscheinlich habe ich heute zu wenig gegessen und getrunken habe ich auch kaum etwas.“

„Ah. Det meen ik nich. Was liegt dir so schwer aufm Herz‘n? Mir kannste nichts vormachen, also raus mit der Sprache.“

„Angst vor einer Entscheidung, die mein Leben verändern wird. Ich habe ein Haus in Franken geerbt und könnte Hamburg verlassen, allerdings arbeite ich hier und lebe mit meinem Freund zusammen.“

„Bist gern hier?“

„Ja und Nein.“

„Is des dein Traumjob?“

„Nein.“

„Liebst ihn?“

„Nein.“

„Kinder?“

„Nein.“

„Sonstige Verpflichtungen?“

„Nein.“

„Ik kenn Dir ja nich. Doch ich hab‘ mehr als zweimal so viele Jahre auf dem Buckel wie du. Ik sach dir jetze was. Was du dann damit machst, ist deine Sache. Okay?“

Justine nickt.

„Det Glück is nich blind. Det Glück meldet sich und dann liegt‘s an uns, hinzusehen. Was bleiben soll, bleibt. Was fort geht, kann weg.“

Uschi drückt Justines Hand und nimmt sie dann unerwartet in den Arm und drückt sie an ihren üppigen Busen. „Jetzt muss ich aber los. Wenn de magst, schenke ich Dir gern ein Bier aus, kommste mal auf St. Pauli vorbei, da findste mich.“

Justine erzählt Tom nichts von diesem Zwischenfall. Drei unruhige Nächte später ist die Angst zwar nicht besiegt, doch das Gefühl dafür ist so taub geworden, dass es sich nicht mehr in den Vordergrund drängt. Endlich ist es Samstag und sie hat ein wenig Zeit für sich. In der letzten Nacht hat sie nochmal zwei Shirts durchgeschwitzt, jetzt scheint das Schlimmste überstanden. Um einen klaren Kopf zu bekommen, bezieht Justine die Betten frisch und lüftet die ganze Wohnung durch. Sie will gleich raus auf den Markt.

„Moin Deern!“, begrüßt sie ein Marktschreier, der aussieht wie ein alter Seeräuber. Seine Oberarme sind stümperhaft mit einem Anker und einer barbusigen Frau tätowiert, den Unterarm ziert eine besser gestochene Echse. Seine Haut sieht aus, als hätte die Sonne sie ausgedörrt, ganz faltig und ledrig sehnt sich diese Haut nach Feuchtigkeit und Pflege. Justine möchte dem Mann gerne sagen, dass er sich eincremen soll, da die Haut sein größtes Organ ist und Zuneigung braucht, doch sie sagt natürlich nichts dergleichen. Er lacht sie an, ihm fehlt ein Zahn.

„Moin, Moin. Zwei Makrelen bitte“, bestellt Justine.

„Na denn man tau!“, erwidert der Seeräuber. Während er die Fische mit etwas Eis in einen Beutel packt und auf die Waage legt, mustert Justine sein Gesicht. Auf den ersten Blick wirkt er wie ein bärtiger Grobian, doch er hat ganz sanfte Augen.

„Dat köst fiev Euro.“ Er bemerkt, dass Justine ihn genau beobachtet hat, und lächelt verschmitzt. Als er ihr die Tüte reicht, hält er für den Bruchteil einer Sekunde ihre

Hand, beide nicken sich zu. Für einen Moment waren sie beide auf einer Wellenlänge und nicht zu stolz, dies auch zu zeigen. Herkunft und Werdegang hin oder her. Ebenso wie Uschi, die Justine unbedingt nochmal in ihrer Kneipe besuchen möchte. Diese Seite an Hamburg, die wird ihr fehlen. Sie schlendert weiter und kauft einen hübschen Blumenstrauß, Kartoffeln, zwei Zitronen und ein Bund Petersilie. Heute Abend will sie mit dem Fischgewürz aus Klingenberg kochen und Tom ihre Entscheidung mitteilen.

„Endlich hast Du Dich entschieden. Ich habe nicht verstanden, warum Du überhaupt so lange gezögert hast. Dann lass uns nach dem Essen gleich nach einem geeigneten Makler suchen", freut sich Tom.

„Ich werde nicht verkaufen."

„Wie bitte?" *Fassungslosigkeit.* Justine hat seine Augen noch nie so groß gesehen.

„Moment mal, Tini. Wie willst Du das denn von Hamburg aus machen, mit einem Anwesen in Bayern? Was meinst Du, was das kostet, wenn da einer auf Bezahlung alles in Schuss hält? Oder willst Du es vermieten?"

„Nein, ich werde selbst dort leben."

„Oh nein, nicht schon wieder. Kann das an deinem Fisch gelegen haben? Vielleicht war der nicht mehr ganz frisch?"

„Lass den Spaß, es ist mir sehr ernst. Du hast den Brief von Tante Vally ja nicht lesen wollen. Ich möchte ihr Lebenswerk nicht von einem wildfremden Makler an irgendwelche geldgierigen Investoren verkaufen lassen, die das Gutshaus dann abreißen, um dort schicke Eigentumswohnungen oder ein Hotel zu bauen. Dieser Ort ist so lebendig in seiner Geschichte, ein wunderschönes Fleckchen Erde. Und ich bin die Auserwählte, dieses Stück Land geschenkt zu bekommen. Ich möchte dorthin gehen und zurück in meine Kindheit reisen."

„Tini, du bekommst das nicht geschenkt!", entgegnet er ihr barsch. „Du musst Erbschaftssteuer bezahlen, und zwar nicht zu knapp. Diese Valerie war nicht mit dir verwandt, Tantchen hin oder her. Somit hast du nur einen Freibetrag von… ich glaube… zwanzigtausend Euro und musst den Rest aus der eigenen Tasche bezahlen. Wie willst du dir das leisten können? Ganz abgesehen von den Sanierungsmaßnahmen, die vor Ort nötig sein werden, um einen angemessenen Lebensstandard zu haben? Diese Naivität passt gar nicht zu dir, du bist doch sonst nicht so."

„Tom! Ich habe doch selbst großen Respekt vor diesem Schritt, da will ich dir gar nichts vormachen. Doch die Angst, es nicht zu tun, die ist weitaus größer. Ich würde mich immerzu fragen, was wäre gewesen, wenn … Das möchte ich nicht." Sie hält kurz inne, bevor sie fortfährt:

„Und ist es nicht auch bezeichnend für uns, dass es dir viel mehr um mein Vermögen und meine finanzielle Zukunft geht, als um mein Glück? Ich werde hier ausziehen, Tom. Mir ein Jahr Auszeit nehmen oder länger. Dazu fällt dir nichts anderes ein als die nackten Zahlen?".

„Okay, okay … Du hast recht. Lass uns ganz in Ruhe darüber reden", lenkt Tom doch ein.

Es ist weit nach Mitternacht, als Justine die Teller in die Spülmaschine räumt. Tom hat den Brief von Tante Vally endlich gelesen, dann folgte eine Aufarbeitung der schleppenden Beziehung und zum Ende hin die Zusage von ihm, Justines Entscheidung zu akzeptieren. Sie einigen sich auf eine Art Sabbatjahr für Justine, um danach zu sehen, ob eine gemeinsame Zukunft noch Sinn macht oder nicht. Doch Justine weiß längst, dass dies das Ende der Beziehung bedeutet. Und sie nimmt es zweifelsfrei in Kauf. Auch Tom schaut sie einen Moment zu lange schweigend an und nickt dann kurz. Manchmal muss man die Dinge gar nicht mehr aussprechen, damit sie richtig verstanden werden. Leer gesaugt von dieser Debatte legt Justine sich nicht zu Tom, sondern aufs Sofa. Ein Satz von Tom geistert ihr noch eine Weile im Kopf herum.

„Justine, wenn Du jetzt aussteigst, dann kommst Du nicht mehr mit."

Es klang wie ein gut gemeinter Ratschlag, der sie am Ende allerdings doch verunsichert. Ihre Gedanken flüstern ihr hinter vorgehaltener Hand zu: *Und wahrscheinlich hat er recht. Die ganze Technik entwickelt sich weiter. Du brauchst dann für deinen Job eine Wiedereingliederung. Die berüchtigte Lücke im Lebenslauf. Du wirst schlechter verdienen. Vielleicht gibt es dann wirklich kein Zurück mehr in die Branche. Vielleicht fährst du damit dein ganzes Leben an die Wand!*

„Ines, wir müssen bitte mal reden."

„Was hast Du auf dem Herzen, schieß los!"

„Kann ich mir eine unbezahlte Auszeit nehmen?", fragt Justine vorsichtig bei ihrer Chefin an.

„Süße, mach keine Witze. Du weißt, ich hab' ein schwaches Herz."

„Ich mache keine Witze. Ich habe ein Haus geerbt in Bayern, dort möchte ich gerne hin. Wie eine Art Sabbatical."
Justine kann beobachten, wie sich Ines Mimik verändert. Die Gesichtszüge verhärten sich und sie läuft rot an.

„So viel habe ich in dich investiert und dich nach vorn gebracht. Du bist mit nichts gekommen und ich habe was Großes aus dir gemacht, ja was rede ich... dich zu einer der Besten in der Branche gemacht! Und jetzt willst du alles hinwerfen, nur weil dir jemand einen alten Kasten Mitten in der Pampa vererbt hat? Ich bin fassungslos darüber, dass du mich, ja uns alle hier hängen lassen willst!"
Justines Magen zieht sich zusammen, denn sie hat zwar mit einer schwierigen Diskussion gerechnet, doch auf diese Vorwürfe von Ines war sie nicht vorbereitet.

„Hör mir doch erstmal zu, was ich mir überlegt habe, bevor du dich so aufregst", versucht sie, ihre Chefin auszubremsen. Doch es ist zu spät, Ines ist völlig in Rage.

„Du musst schon kündigen, wenn du hier nicht mehr arbeiten willst. Schließlich sind wir hier nicht bei ‚Wünsch Dir was'!", schreit sie und verlässt mit laut knallenden Türen das Gebäude. Diese heftige Reaktion haut Justine um. *Scheiße!* Sie zittert am ganzen Körper.

Nach einer halben Stunde hat sich Justine wieder etwas beruhigt und frisch gemacht, denn gleich kommen Kunden zum Beratungsgespräch. In ihrem Kopf hämmert ein stechender Schmerz, als wollte man ihr Gehirn in zwei Hälften zerschlagen. Da hilft jetzt nur noch eine starke Schmerztablette.

Der Termin zieht sich über zwei Stunden, weil sich das Ehepaar einfach nicht entscheiden kann. Der Gatte wünscht ein ganz minimalistisches Layout, die Dame bevorzugt Glitzer und geschmacklosen Kitsch. Sie geraten untereinander in Streit und vergessen darüber beinahe, dass Justine auch noch anwesend ist. Während die beiden sich verbal duellieren, stellt sie sich erneut die Sinnfrage: *Was tue ich hier eigentlich und wozu?*

Nach dem Termin hat Justine nochmal eine Stunde Zeit, bevor es mit dem Gruppenmeeting weiter geht. Sie hatte sich nach dem Gespräch mit Tom die Sache mit der Erbschaftssteuer mal genauer angesehen. Er hat nicht ganz unrecht mit seinem Einwand, dass sie das Erbe nicht geschenkt bekommen würde. Den größten Gewinn unterm Strich würde sie tatsächlich mit einem Verkauf erzielen. Da sich das Anwesen weit länger als zehn Jahre im Besitz von Tante Vally befand, müsste sie beim Verkauf keine Spekulationssteuer bezahlen. Doch egal wie sie es auch dreht und wendet, die Erbschaftssteuer bleibt ihr nicht erspart. Das macht eine nicht unerhebliche fünfstellige Summe aus. Grob geschätzt verfügt sie zwar über das Geld, allerdings ist dann ein Großteil Ihrer Ersparnisse aufgebraucht. Sie wählt die Nummer ihres

Steuerberaters, um sich nochmal abzusichern. Dann schrillt die Glocke zum Team Meeting.

Ines verspätet sich schon um fast zwanzig Minuten. *Auch eine Unart, ihr ständiges Zuspätkommen,* findet Justine. Dann fliegt die Tür auf und die Chefin steht vor der Belegschaft. Auf dem Kleid ein Muster mit rotem Klatschmohn, an den Füßen trägt sie knallig rote High Heels und die Hände sind frisch manikürt. Nach einem improvisierten Kurzbericht über die Abarbeitung des letzten Monats beginnt Ines mit der Aufteilung der neuen Kampagnen. Justine werden gleich sieben neue Projekte zugeteilt und als sie die Terminierung sieht, stutzt sie.

„Ines, ich habe in der Zeit, in der du die Handtaschen-Kampagne eingeplant hast meine zwei Wochen Urlaub."

„Oh. Habe ich dir den Urlaub schon genehmigt, Schätzchen?"

„Nein, das nicht. Ich dachte nur, weil es schon länger her ist und ich zweimal nachgefragt habe. Toms Eltern feiern da goldene Hochzeit."

„Und was habe ich geantwortet?"

„Das kriegen wir schon, hast du gesagt."

„Ja, siehst du. Und jetzt kriegen wirs‘ eben doch nicht hin."

„Ines, das ist nicht fair."

„Hör mal Süße, es ist ja nicht deine goldene Hochzeit. Und die Tage, die du unbedingt frei brauchst, die halten wir frei." Und in die Runde an alle Mitarbeiter: „Dafür habt ihr einen sicheren Arbeitsplatz hier. Was sage ich immer ... der Job geht vor."

Das sagt gerade die, die alle vier Wochen in der Weltgeschichte herumfliegt, immer von einem Luxushotel ins nächste, während das gemeine Fußvolk diesen Lebensstandard erwirtschaftet. Alle Termine verkauft sie der Belegschaft als wichtig für das Business. Ich bin wahrlich kein neidischer Mensch, doch Ungerechtigkeiten und Rücksichtslosigkeit, das kann ich nicht ausstehen. Ines redet ohne Punkt und Komma davon, wie sie sich was vorstellt und was bis wann bearbeitet sein muss. *Für Ines bin ich die bequeme Allzweckwaffe, die sie seit Jahren schonungslos verballern kann.*

Justine platzt innerlich der Kragen. Sie steht auf und schaut ihrer Chefin einen Moment lang direkt in die Augen. Ihr Herz schlägt so laut, dass es im ganzen Raum zu hören sein muss. Alle anderen halten mit dem Schreiben inne und richten ihre Blicke auf sie.

„Du hast gesagt, ich müsse schon kündigen, wenn ich mir eine Auszeit nehmen will. Schließlich bin ich hier ja nicht bei ‚Wünsch Dir was'. Gut. Und du hast mir im letzten Mitarbeitergespräch gesagt, dass es nicht geht, dass ich so viel Resturlaub habe. Dass alle anderen es hinbekommen, ihren Urlaub zu nehmen, nur ich nicht. Dieses Gespräch werde ich kein weiteres Mal mehr mit dir führen." Justine macht eine ganz bewusste Pause, um den folgenden Worten mehr Gewicht zu verleihen:

„Ich kündige hiermit."

Jetzt war es raus und Justine bebt am ganzen Körper. *Schweigen im Raum. Oder ist es Schockstarre?*

Sie bückt sich, um ihre Unterlagen zusammenzupacken, klemmt sich alles hektisch unter den Arm und verlässt den großen Konferenzraum. Im Flur fällt ein Stapel Blätter herunter und alles wirbelt durcheinander. Endlich an ihrem Schreibtisch wirft sie ihre sieben Sachen in einen Karton. Zuletzt löst sie die Ansichtskarte vom Monitor und legt sie oben auf. Dann schaut sie sich noch einmal um und verabschiedet sich gedanklich von dem Arbeitsplatz, an dem sie sich so viele Stunden jeden Tag aufgehalten hat, ohne sich dort wirklich wohl zu fühlen.

Erst draußen an der frischen Luft fühlt sie sich wieder so, als könne sie atmen. Mit jeder Sekunde kehrt die Leichtigkeit in den Körper zurück. *Wie ein Vogel im Wind. Es ist ein Hochgefühl, als würde man wie ein Reptil die alte, zu eng gewordene Haut abstreifen und die neue Haut darunter schimmert in prächtigen Farben. Das Alte passt einfach nicht mehr. So muss es sich also anfühlen, dieses Leben!*

9. Abschied

Nach der ersten Erleichterung kommt das schlechte Gewissen. *War es richtig, so Hals über Kopf zu kündigen? Wie sollen sie denn in der Agentur nur ohne mich zurechtkommen? Was reden die Kollegen jetzt wohl über mich? Ich kann mich da nie mehr blicken lassen.*
Drei Tage lang geht es Justine wirklich hundsmiserabel, in ihrem Monkey Mind tobt es wie verrückt, nachts wird es immer besonders laut. Sie dreht und wendet Erlebtes bis zur totalen Erschöpfung. Es geht sogar so weit, dass Justine nichts mehr zu Essen bei sich behält und sich häufig übergeben muss.

Ich muss nochmal zurück und das ordentlich klären, sonst lastet das ewig auf mir, denkt sie sich. Um sich ein wenig abzulenken, bereitet sie sich auf ihren Umzug vor und schreibt akribisch eine To-do-Liste zusammen.

- *Umzugskartons bestellen*
- *Schriftliche Kündigung*
- *Gespräch mit Ines*
- *Anmeldung Arbeitsamt*
- *Bargeld abheben*
- *Wachstumsaktien verkaufen*
- *ETF Sparpläne*

Da sie nicht weiß, wie sie künftig Zugriff auf ihr Depot haben wird und ihr Geld jetzt zusammenhalten muss, schichtet sie rein vorsorglich alles auf risikoarmes Langzeitsparen um.

Es wird immer eine Möglichkeit geben, Geld zu verdienen – doch jetzt muss ich erst einmal mich selbst retten, bevor ich so taub bin, um meinen eigenen Untergang nicht mehr zu bemerken.

Justine liest sich stundenlang durch alle möglichen Erfahrungsberichte und merkt alle nötigen Termine vor.

Wenn ich einen Auftrag habe, gleicht mein Kopf einem Hochleistungscomputer.

Die Liste wird immer länger, obwohl die Punkte strengstens abgearbeitet werden. Zwischen dem in die Tat umsetzen und Organisieren gibt es immer wieder das Innehalten und diese aufkeimende Unsicherheit.

Auf welchem Trip befinde ich mich da eigentlich gerade? Doch irgendwas in ihr treibt das Vorhaben unaufhaltsam voran. Die Gedanken wechseln beinahe im Stundentakt zwischen einer totalen Überzeugung und Abenteuerlust bis hin zu dem Wunsch, sich einfach irgendwo wie ein Kind in einem geborgenen Schoß zu legen. Wie sie dauerhaft ohne festes Einkommen, Auto und Kontakte in der Fremde bestehen soll, ist ihr unklar. Immerhin hat sie ein Dach über dem Kopf und wenn sie gar nicht zurechtkommen sollte, dann kann sie das Anwesen jederzeit verkaufen. Auch eine neue Anstellung würde sich finden lassen. Und Tom wird sie im Notfall auch nicht ganz hängen lassen, trotz der Entscheidung, zu gehen. Somit steht wenigstens irgendwas wie ein Plan B.

Justine drückt auf den roten Knopf.

„Nächste Haltestelle, St. Pauli."

Daheim fällt ihr die Decke auf den Kopf. Tom ist über Nacht auf einer Fortbildung und darüber ist Justine eigentlich ganz froh. Es ist bereits nach 21 Uhr, doch sie will noch einmal raus an die Luft. *Hamburg nochmal bei Nacht erleben.*

Obwohl es einige Bekannte in der Stadt gibt, kontaktiert sie niemanden von ihnen. Ihr ist nach einem echten Gespräch zumute und nicht nach Smalltalk. Die einzige Person, die ihr jetzt einfällt, ist Ursula.

Wie hieß bloß die Kneipe von Uschi? Ich kann mich nicht erinnern. Es hilft alles nichts, dann wird eben eine Kneipentour draus.

Nach der vierten Bar fragt Justine eine Gruppe von Männern, die aussehen, als würden sie den Kiez bei Nacht in- und auswendig kennen.

„Hallo, kennt ihr vielleicht eine Uschi?"

„He... mach 'n ‚M' vorne dran und ich kenne sie alle", lacht einer der Typen derb. *Puh ...*

Justine zieht weiter, vorbei an zahlreichen Tanzbars, wo der Zutritt nur den Männern gestattet ist. In einer dunklen Ecke bricht ein Mann und schmiert sich das Erbrochene mit dem Handrücken ab. Justine muss unweigerlich hinsehen, obwohl sie das gar nicht möchte.

„Was is', noch nie Kotze gesehen?", raunt sie der Typ an und rülpst. *Justine, geh nach Hause,* rät ihr die innere Stimme. Da ertönt in all dem Trubel eine leise Melodie, die ihr vertraut vorkommt.

„Das Leben noch lebenswert ist
Dort in der Kneipe in unserer Straße
Da fragt dich keiner was du hast oder bist
Die Postkarten dort an der Wand in der Ecke
Das Foto vom Fußballverein
Das Stimmengewirr
Die Musik aus der Jukebox
All das ist ein Stückchen Daheim
Du wirfst eine Mark in den Münzautom …“

Ein altes Lied von Peter Alexander… schon ihr Vater hat dieses Lied immer gehört. Sie läuft der Musik nach und steht vor der Kneipe „Uschis kleine Freiheit“. Ein Lächeln huscht über ihr Gesicht und sie tritt vorsichtig ein.

„Neee, des gloob ik jetzt nich. Komm her, Lütte, hier issn Platz an der Theke … Was darf ich Dir machen? ’N Bier und ’n Korn?“

„Gerne.“

„Ik segg van proost!“

„Zum Wohl.“

Justine kippt den Schnaps runter, während Uschi nur ein Wasser hat.

„Im Dienst trink ich nich“, erklärt sie kurz.

Justine sitzt an der Theke und hört der Kneipenmusik zu. Sie beobachtet Männer, die wie in dem Lied besungen, an den Automaten spielen. *Einsame graue Wölfe.* Und sie beobachtet Uschi. Mit jeder Stunde wird ihr diese fremde Frau vertrauter. *Wie alt Uschi wohl sein mag? Es wäre alles zwischen Mitte fünfzig und Ende sechzig denkbar. Die Haut ist faltig, gerade um die Augen herum. Bestimmt vom bewegten Lebenswandel und vom starken Rauchen. Doch wenn man genauer hinschaut, dann sieht man das blaue Strahlen in ihren Augen noch. Als junge Frau war sie sicher mal attraktiv.* Justine staunt, wie souverän und lässig Uschi ihren Laden im Griff hat, Stänkerer rausschmeißt und andere Gäste fast mütterlich Willkommen heißt. Jede Stunde geht sie eine Zigarette rauchen und lädt Justine ein, sie in den kleinen Innenhof zu begleiten.

„Magst och eine?“, fragt sie beim ersten Mal.

„Ich probiere mal, ja.“ Justine zieht an der Zigarette und hustet.

„Und … wie haste dich entschieden?“

„Ich folge der Idee vom Glück.“

„Oh, des hört sich gut an. Weeste, ik komm auch nich von hier, aber des hier, des ist dann meine Heimat geworden. Wär ich nicht gegangen, wär ich womöglich immer fremd geblieben. Wann geht’s los?“

„Nur noch wenige Tage. Deshalb wollte ich dich unbedingt nochmal sehen und mich bedanken.“

„Herzche, du musst dich nich bedanken. Ich hab‘ sofort gesehen, dass du ne ganz Feine bist. Hast mir n ordentlichen Schreck eingejagt neulich. Hab‘ noch n paar Mal dran gedacht, aber nich, dass de ich wirklich mal hier her verirrst.“

„Uschi, ich bin froh, hier zu sein. Heute möchte ich noch nicht nach Hause.“

„Dann bleibste bei mir. Ich mach nur bis um drei, dann noch spülen und saubermachen.“

„Wenn du erlaubst, helfe ich dir dabei.“

„Erlauben zu helfen? Du bist mir eine. Gern sogar, ich hab's in der letzten Zeit so mit dem Rücken. Das lange steh'n tut mir nicht gut."

Als der letzte Gast verabschiedet ist, dreht Uschi nochmal das Lied von Peter Alexander von Anfang auf und wischt die Tische ab. Justine spült die Gläser und stellt die Stühle hoch. Uschi gibt den Rosen am Tresen frisches Wasser. Als sie merkt, dass Justine sie dabei beobachtet, sagt sie: „Des sind die einzigen Echten hier. Komm, setz dich mal zu mir. Wir trinken noch ein kleenes Pils."

„Ich zapf Dir eins."

„Weeste, ik liebe Blumen. Hier drinnen is es Perlen vor die Säue, doch die am Tresen, die sin für mich."

Dann erzählt Uschi von ihrem Leben als Prostituierte und wie sie es geschafft hat, ihre eigene Chefin zu werden.

Als es kurz vor fünf ist, schließen sie die Kneipe mit einer schweren Gittertür ab und sie spazieren durch die letzten Nachtschwärmer hindurch Richtung Fischmarkt, um dort gemeinsam zu frühstücken. Es gibt Krabben fangfrisch vom Kutter und die Möwen fressen die Schalen direkt aus der Hand.

„Mir hats immer geholfen, mich auf's Positive zu fokussieren, auf's Gute. Des war nich' viel, doch immer genug, um weiterzumachen. Du wirst deinen Weg gehen, da bin ich mir ganz sicher."

„Wenn ich mal nicht mehr weiter weiss, dann will ich an deine Worte denken. Schade, dass wir uns erst so spät über den Weg gelaufen sind."

„Siehs anders. Mir sagen dem alten Herrn da oben danke, dass mer uns überhaupt begegnet sind. Das hat so sein sollen".

Es ist lange her, dass Justine eine Nacht durchgemacht hat. Und selten, dass sie das als eine ihrer besten Ideen überhaupt bezeichnen konnte. Auf dem Heimweg spürt sie eine tiefe Dankbarkeit für diese warmen Stunden. Da war keine Fassade, da wurde nichts schöngeredet. Justine hat so viel aus dem Leben von Uschi erfahren und gleichzeitig so viel von sich erzählen können. Diese Ebene von Austausch fasziniert sie, ganz egal, ob in einer düsteren Spelunke mit Plastikblumen, die sich „Kleine Freiheit" nennt oder sonst wo auf diesem Planeten. Uschi hat Haltung und Würde.

Focus on the good, Justine! Das Leben im Landhaus ist die Aussicht auf einen Ort, wo Frieden herrscht. Wo ich vielleicht so etwas wie eine Heimat finden könnte. Das habe ich schon gespürt, als ich über die Mauer aufs Grundstück geklettert bin. Ein Ort, an den ich oft gedacht habe, ohne zu wissen, wo er liegt. Wie es sein wird, das Haus nach so vielen Jahren wieder zu betreten?
Hoffentlich gruselt es sie nicht oder es warten böse Überraschungen wie eine Mäuseplage oder andere Untermieter im Haus.
Justine überlegt, erst noch einmal kurz nach Klingenberg zu reisen und das Haus erst einmal anzusehen, wenn sie den Schlüssel bekommen hat. Sie muss sich selbst und ihre Angst überwinden und dafür bleibt nur den Weg nach

vorn. Irgendwie wird sie schon zurechtkommen und sie freut sich darauf, endlich an ihrem Buch weiter zu schreiben. Der aufgestaute Resturlaub und ihre Überstunden halten sie gut drei weitere Monate in Lohn und Brot, bis sie dann endgültig auf sich allein gestellt sein wird.

Auch dieser Ausflug bleibt Justines Geheimnis. Sie zögert kurz, ob sie Tom beim Essen davon erzählen soll, doch sie verwirft den Gedanken wieder. Er würde sie nicht verstehen.

„Freust Du Dich?“, fragt Tom.

War die Frage ernst gemeint oder eine Fangfrage für eine Szene? Nein, das war sicher lieb gemeint. Tom scheint sich mit der Situation arrangiert zu haben.

„Ich habe ganz gemischte Gefühle, Tom. Du wirst mir fehlen ... Und dann wechseln sich Vorfreude und Abenteuerlust mit ein wenig Angst ab.“

„Das glaube ich dir sofort.“ Er hält inne und schweigt eine Weile, bevor er weiterspricht: „Hat wohl nicht gereicht mit uns, was?“.

Bevor Justine antworten kann, redet er schnell weiter: „Wir müssen los, damit du deinen Zug rechtzeitig bekommst.“

Tom schlägt sich mit beiden Beinen auf die Knie und steht auf. Entschlossen nimmt er sich ein großes Gepäckstück und den Autoschlüssel und geht aus der Wohnungstür. Justine dreht sich noch einmal um und geht durch die Räume, bevor sie ihr bisheriges Zuhause auf unbestimmte Zeit verlässt. *Vielleicht für immer?*

Die Fahrt verläuft still, niemand von ihnen weiß so recht, was er sagen soll.

„Kannst du bitte kurz noch am Briefkasten anhalten?“ Tom fährt rechts an und Justine wirft ein Kuvert ein, adressiert an die „Kleine Freiheit“. Darin enthalten ist die Ansichtskarte vom Landhaus mit ein paar persönlichen Zeilen, drei Gutscheine für eine Rückenmassage und ein getrocknetes Veilchen aufgeklebt auf ein Stück Pergament. In ihrer Vorstellung sieht sie schon, wie Uschi das Bild vom Landhaus an ihre Pinnwand hinter der Theke hängt.

„Kommst du noch mit an den Bahnsteig?“

„Natürlich.“

Am Bahnhof angekommen wird es kurz etwas hektisch, da kein Kurzzeitparkplatz mehr frei ist. Bis sie den richtigen Gleis gefunden haben und kurz nach dem Wagon Nummer 4 schauen konnten, rollt auch schon der Zug ein. Tom nimmt Justine nochmal in die Arme und gibt ihr einen kleinen Kuss.

„Pass auf dich auf, Tini!“

„Wird gemacht, versprochen! Ich melde mich von unterwegs oder wenn ich angekommen bin.“

Sie steigt ein und sucht nach ihrer Platzreservierung. Als sie sitzt, schaut sie nach Tom. Er läuft draußen neben dem langsam anfahrenden Zug her und winkt. Dann fängt er an, nebenher zu joggen. Justine legt beide Hände an die Scheibe und hat einen kurzen Moment den Impuls, aufzuspringen und zur Tür zu rennen, doch sie behält die Kontrolle.

Es hat zum gemeinsamen Leben nicht gereicht und war für einen Abschied doch zu viel. Mit jedem Kilometer fällt die Anspannung ganz langsam ab und als sie Hamburg hinter sich lässt, löst sich der Kloß im Hals auf.

„Au revoir, Tom …", flüstert sie.

10. Das Landhaus

Eine Welle der Vertrautheit.

Am Bahnhof in Klingenberg steht der Mietwagen bereit, den Justine sich für die erste Woche in der neuen Heimat organisiert hat. Der Schlüssel wurde ihr vorgestern bereits zugeschickt. Mit einem lauten Ächzen verfrachtet sie den schweren Koffer und den Rucksack im Kofferraum. Auf dem Beifahrersitz platziert sie den Kirschbaum im Topf, der rein vorsorglich angeschnallt wird.

Justine tippt eine Nachricht an Tom in ihr Handy: „Bin gut angekommen, der Wagen steht wie verabredet bereit. Fahre jetzt ins Haus. Mach dir einen schönen Tag, melde mich später. Tini.“

Sie freut sich, dass bis hierhin alles so gut geklappt hat. Eine Spedition wird im Laufe der Woche noch elf Umzugskartons liefern. Das war‘s. Sie war erstaunt, dass ihr 32-jähriges Leben in nur elf Kisten hineinpasst. Bücher, Schuhe, Jacken, Sportsachen, Ordner und Kosmetik.

Nachdem sie endlich den Schlüssel zum Anwesen erhalten hat, fährt sie zum ersten Mal selbst zu ihrem Haus. Sie dreht das Radio auf und singt laut mit. Sie singt so laut, dass sie ihre eigene Angst gar nicht hören kann. Justine parkt an der Stelle, an der auch der Taxifahrer vor einigen Wochen geparkt hatte. Es ist bereits über drei Monate her, seit sie zuletzt hier gewesen war.

„Wenn es sich für Dich vereinen lässt, so spüre ich, Du könntest auf diesem Stück Erde glücklich sein. Meine kleine, große Jus, ich werde da sein und Dich willkommen heißen, wenn Du über die Schwelle des Landhauses trittst…“

Justine liest die Zeilen aus dem Brief von Tante Valerie, steckt ihn ein und macht sich zunächst ohne ihr Gepäck auf dem Weg die Auffahrt hinauf. Als der Schlüssel sich im Schloss dreht und das Tor aufspringt, war sie mit einem Mal wieder die kleine Jus und nicht mehr Tini.

Das Grundstück ist inzwischen noch stärker verwildert. Brombeerzweige und Rosen ranken in den Zugang zum Haus hinein, auf der rechten Seite wuchert verblühter Bärlauch. Langsam geht sie auf das alte Gebäude zu, mit jedem Schritt nimmt sie von Ihrem Erbe mehr Besitz ein. Kurz bevor sie den Schlüssel in der Eingangstür dreht, bleibt ihr Herz kurz stehen. *Atmen.*

Dann tritt sie fast andächtig über die Schwelle. Von der Wand blickt sie eine Frau in Ölfarben an, gerahmt in schlichtem Gold. Die Frau war filigran schön und irgendwie alterslos, wie sie da mit einer Mischung aus Güte und Neugierde ins Entree blickt. Es handelt sich um ein Porträt von Tante Valerie. Justine erkennt sie sofort wieder und sie steht mit offenem Mund im Lichtkegel der Türöffnung und ist mucksmäuschenstill. Staub flirrt aufgewirbelt durch die Sonnenstrahlen, die durch die Tür in den dunklen Raum hineinscheinen.

„Hier bin ich nun endlich, Tante Vally“, spricht sie mit gebrochener Stimme und bekommt Tränen in die Augen.

Das meinte Valerie also in ihrem Brief damit, dass sie sie willkommen heißen würde.

Wie lange Jus stumm dort gestanden hat, weiß sie nicht mehr. Sie hat keinen Filter für Sinneseindrücke, jede noch so kleine Nuance wird gespürt und nachgefühlt. Nach einer gefühlten Ewigkeit dreht sie den Blick und schaut sich im Eingangsbereich um. Es geht eine Tür nach links, eine nach rechts und eine geradeaus. Nach oben schlängelt sich eine massive Holztreppe empor. Unter der Treppe befindet sich noch eine weitere schmale Tür.

Justine biegt zuerst nach links ab, da sie dort die Küche vermutet. Es ist alles dunkel und der Raum wurde länger nicht gelüftet, aber es riecht zumindest nicht modrig oder feucht. Sie tritt in den Raum, öffnet den knarzenden Fensterflügel und nestelt mit den Fingern an den Klappläden herum. Dank der Taschenlampen-Funktion ihres Mobiltelefons gelingt es ihr, den kleinen Haken herauszuschieben. Die Klappläden springen auseinander und Licht flutet die Küche. Justine kneift kurz die Augen zu, dann schaut sie sich um.

Der Boden des Raums ist mit alten, rustikalen Pflastersteinen ausgelegt. Justine erinnert sich daran, dass sie auf diesem Boden immer gespielt hat. Für die kleinen Elfen waren die von Fugen umrahmten Steinflächen die Wohnungen, die sie dann mit Blumen und kleinen Kieselsteinen eingerichtet hatte. Tante Vally hat bei ihrer täglichen Arbeit immer darauf geachtet, die „Wohnungen der Elfen und Feen“ nicht zu übersehen, und ist achtsam darübergestiegen. Die Küche ist richtig großzügig und dazu praktikabel und schlicht eingerichtet. Es gibt eine alte, weiß gestrichene Anrichte mit Messinggriffen, einen Spül- und Arbeitsbereich mit einer zwar etwas verbeulten, aber sauber polierten Edelstahlabdeckung über die Länge von gut drei Metern. In der Mitte steht ein alter Tisch mit vier Stühlen, auf den Stühlen selbst genähte Sitzkissen aus hellblauem Stoff, darauf abgebildet sind magentafarbene Pfingstrosen.

Im hinteren Teil gibt es einen alten Bauernschrank und drei weitere Kommoden. In einer der Schränkchen war zwar der Holzwurm schon mal zu Gast, doch sie stehen stabil und sehen sehr hübsch aus. An den Wänden hängen alle mögliche Küchenutensilien wie Siebe, Trichter, Kuchenformen und Kochlöffel.

Was es gar nicht gibt, sind elektrische Geräte wie einen Kühlschrank oder Backofen. Justine öffnet das zweite Fenster und die Läden. Jetzt ist der Raum gänzlich lichtdurchflutet. Es fühlt sich an, als würde sie ein altes Schloss aus einem langen Märchenschlaf erwecken.

Gleich von der Tür rechts weg, geht eine Luke in den Boden. Justine hat ein wenig Angst, die Klappe zu öffnen und bewaffnet sich rein vorsorglich mit einem großen Brotmesser. Als sie die Klappe ein Stück weit angehoben hat, ruft sie mehrfach laut: „Hallo?!“

Nachdem sie keinerlei Geräusch vernimmt, tritt sie die steinernen Stufen hinab. Unten angekommen ist es nochmal deutlich kühler als oben in der Küche. Die Kälte kriecht ihr unter das Shirt und bereitet ihr eine Gänsehaut. Das Licht der Küche reicht gerade aus, um sich da unten zurechtzufinden. Es handelt sich tatsächlich um den alten

Sandsteinkeller, in dem Justine vor über zwanzig Jahren die Champignons geerntet hat. Der Raum hat sich seitdem überhaupt nicht verändert.

In den Regalen stehen kistenweise Weinflaschen, ein wenig Bier und Weinbrände, dann ein Regal mit lauter eingeweckten Sachen. Justine nimmt eines der Gläser heraus und liest die Aufschrift.

„Feige, Zimt, Sternanis."

Justine schraubt den Deckel ab und schnuppert am Inhalt. Sofort fühlt sie sich wieder als das Mädchen, dass hier mit Tante Vally die Zeit verbracht hat. Mit dem großen Brotmesser fährt sie in das Glas und kostet von der köstlichen Marmelade.

Valerie hat auf den Etiketten Datum und die erwartete Haltbarkeit vermerkt. Die Handschrift ist Justine nur zu gut aus dem Brief vom Notar bekannt. Neben den Marmeladen gibt es zahlreiches eingelegtes Gemüse, in Summe sicher vierzig, ja vielleicht auch fünfzig Gläser.
Weiter hinten ist ein Holzverschlag, in dem Kartoffeln, Zwiebeln und Äpfel lagern. Daneben ein Regal, das bis an die Decke ragt, darin aufgestapelt stehen verschiedene, mit einem Deckel fest verschlossene Kisten. Als sie nähertritt, sieht sie, dass auch diese Kisten alle beschriftet sind. Es handelt sich um Mehl, Nudeln, Salz, Zucker und Reis. Weiter oben in den kleineren Kisten hat Valerie reichlich Trockenhefe, Backpulver, Stärke und Pflanzenfett aufbewahrt. Auch eine Auswahl an verschiedenen Ölen ist flaschenweise vorhanden. Und Kerzen.
Justine steigt auf einen kleinen Schemel und zieht die oberste Kiste herunter. Auf der Anrichte klappt sie die

Kartonlasche beiseite und blickt auf lauter gleichförmige, weiße Klötze. *Was könnte das sein?* Sie riecht daran und vermutet, dass es sich um so etwas wie Kernseife handelt.

Bis hierhin ist Justine schon mal sehr erleichtert über den Zustand des Hauses. All diese Vorräte werden es ihr ermöglichen, auch mit einem sehr schmalen Budget gut über den Winter zu kommen. Sie untersucht den Boden und die Ecken nach Mäusekot, doch bis auf eine große schwarze Kellerspinne und Staub kann sie nichts entdecken.

Sie ist neugierig auf den Rest des Hauses und verlässt die Küche. Der Raum, der im Flur geradeaus führt, ist das Wohnzimmer. Die Möbel hier sind alle noch abgedeckt und Justine muss sich erstmal durch die ganzen Überwürfe wühlen. Als sie alles abgenommen hat, betrachtet sie die Stube. Ein sehr altes Zweisitzer-Sofa und ein Sessel stehen mittig im Raum, davor ein geschwungener kleiner Holztisch mit ovaler Tischplatte. Auch hier sind die Läden noch geschlossen, doch durch die bunten Glasbausteine der Fensterfront fällt Licht hinein. Als sie die Läden öffnet, strömt warme, frische Luft in den Raum. Die Sonne zeichnet im Zusammenspiel mit den bunten Scheiben einen Regenbogen aus Licht im Zimmer. Justine erinnert sich, dass sie schon damals von den farbigen Glasquadern fasziniert war.

Vom Wohnzimmer aus gelangt man über eine bodentiefe Glastür direkt auf die Terrasse, von der allerdings im Moment nicht viel zu erkennen ist. Alles ist von Unkraut überwuchert. Hier ist es ebenerdig, anders als im Eingangsbereich, wo es wenige Stufen nach unten geht. Das liegt daran, dass das Haus teilweise unterkellert ist. Die linke Seite des Raums, die an die Küche grenzt, ziert ein imposantes, weißes Bücherregal mit handgeschnitzten Bögen und Ornamenten. Im gesamten Regal ist kein einziger freier Platz mehr. Es wirkt beinahe so, als wäre mit jedem Buch ein Teil von Valeries Kunstwerk vollendet worden. *Eine literarische Komposition sozusagen, die Lebensbibliothek.* Justine kommt aus dem Staunen gar nicht mehr raus. Es ist eine kleine Klappleiter an einer seitlichen Aufhängung angebracht, um die oberen Reihen überhaupt erreichen zu können. *Hier werde ich tagelang sitzen und lesen. Ich habe mich mit Valeries Unterstützung von den alten Zwängen befreit und in ein neues Level katapultiert.* Eine fast diebische Freude überkommt sie bei diesem Gedanken.

An der Wand gegenüber befindet sich eine kleine Kommode, darauf stehen ein altes Telefon und eine große, mit Blüten bemalte Vase. Sie greift nach dem Telefonhörer, doch das Telefon bleibt stumm. Als sich Justine ein paar Notizen in ihr Smartphone tippen will, merkt sie, dass ihr Akku nur noch wenige Prozentpunkte geladen ist. Sie hat versäumt, die Taschenlampe wieder auszumachen. Justine unterbricht die Erkundungstour und holt den Mietwagen aufs Grundstück. Im Auto steckt sie ihr Handy zum Laden an. Sie will gleich im Haus nochmal nach einer funktionierenden Steckdose suchen.

Justine biegt diesmal im Entree nach rechts ab und steht in einem Raum, der ein Gäste- oder Arbeitszimmer sein könnte. Der Raum hat nur ein einzelnes Fenster mit hölzernen Klappläden, die Justine ebenfalls öffnet. Auch das Gästebett ist mit einem Überwurf verhüllt, am Fenster steht ein Schreibtisch und an der Wand ein hoher Schrank. Auf die Details will sie später achten, jetzt braucht sie zunächst nur einen groben Überblick und Strom. Sie entdeckt eine Steckdose unterhalb des Schreibtischs, doch auch diese scheint alt und ohne Funktion zu sein.

Ich muss mich bestimmt erst bei den Stadtwerken anmelden. Der Strom ist sicher abgestellt, schlussfolgert sie. *Vielleicht muss ich auch erst die Sicherungen rein machen. Wo könnte der Sicherungskasten sein?*
Die schmale Tür unter der Treppe ist die Gästetoilette, daran erinnert sich Justine noch. Sie öffnet die Tür und siehe da, da sind ein kleines Handwaschbecken und ein WC, alles in einem erstaunlich gepflegten und guten Zustand. Die Rohre sind ausgetrocknet, deshalb reicht es etwas streng. *Sobald ich hier regelmäßig spüle, wird das hoffentlich vergehen.* Sie zieht an der Schnur und sofort läuft Wasser ins WC.

„Sehr gut, das funktioniert schon mal!“, stellt Justine erleichtert fest. Das Wasser kam immer aus dem Brunnen hinterm Haus und das hat sich vermutlich bis heute nicht geändert. Im Flur hält sie nochmal inne. Gegenüber von dem Gemälde hängen gerahmte Fotografien und Sprüche. Einer davon lautet: „Der Wald und das Tier sind mir lieber, als der Mensch und seine Gier.“ *Von wem auch immer dieser Spruch stammen mag... trifft absolut meinen Ge*

Eines der Bilder zeigt Valerie bei ihrer Hochzeit, auf einem anderen ist Justines Mutter mit Justine als Kind zu sehen. Sie war vielleicht vier Jahre alt und saß auf dem Schoß ihrer Mutter, beide auf einer Schaukel sitzend und lachend. Es berührt sie sehr, denn sie kannte dieses Bild von sich mit ihrer Mutter bisher gar nicht.

„Mama, Du fehlst mir so sehr“, flüstert Justine mit einem Kloß im Hals, während sie mit dem Finger den Staub vom Rahmen streicht.

Sie schaut sich weiter nach dem Sicherungskasten um, doch sie kann ihn nicht finden. Die Treppe knarzt laut unter ihren Füßen, als würde das Holz sich beschweren, in seinem hohen Alter nochmal den Dienst antreten zu müssen. Justine prüft die Stabilität der Treppe und atmet erneut auf. *Alles noch stabil*. Nachdem sie auch oben im Flur die Fenster geöffnet hat, betritt sie das Schlafzimmer von Tante Vally. Wieder entfernt sie die Überwürfe, öffnet das Fenster und nimmt auf dem Bett Platz. Die Vögel singen draußen, die Sonne scheint und ins Haus kehrt Leben zurück.

„Hättest du dir das so vorgestellt, dass ich hier in dein Zimmer einziehe, Tante Vally?“ Justine hat den Blick aus dem Fenster gerichtet und hält einen Moment inne.

Auf dem Nachttisch liegt ein kleiner Roman aufgeschlagen, an dem Tante Vally wohl zuletzt gelesen hat.

Dieses Buch konnte sie nicht mehr beenden, bemerkt Jus traurig und verspricht: „Ich werde dir bald erzählen, wie es ausgeht.“

Nebenan ist das Badezimmer. Die Badewanne ist klein und an der Stange ist kein Vorhang mehr vorhanden. Das Wasser läuft auch hier tadellos und ist eiskalt. Justine fragt sich kurz, *ob das im Winter nicht zufrieren wird?* Direkt angrenzend an das Badezimmer befindet sich eine Art Hauswirtschaftsraum mit Schränken voller Decken, Leinentüchern und Wolldecken. Auch Handtücher und Arbeitshosen für den Garten sind vorhanden, daneben zahlreiche Handschuhe und Kopftücher. In einer Ecke stehen zwei Paar Gummistiefel. Mitten im Raum streckt eine leere Wäschespinne die Arme in Richtung Decke, an einem von ihnen baumelt ein Säckchen mit hölzernen Wäscheklammern. Draußen im Garten sind auch Schnüre gespannt, das hat Justine schon bei ihrem letzten Besuch wahrgenommen. Und sie erinnert sich auch daran: *Tante Vally trocknete die Wäsche im Sommer immer draußen. Sie duftete dann nach Blumen und frisch gemähtem Gras.*

Das Obergeschoss endet mit einem weiteren Raum, in dem nur ein paar alte Kartons stehen. Ansonsten ist das Zimmer nicht eingerichtet. *Das war mein Zimmer, als ich bei Tante Vally zu Besuch war. Und wenn ich nicht schlafen konnte, durfte ich zu Tante Vally unter die Decke schlüpfen. Sie hat mir dann mit sanfter Stimme das immer gleiche Schlaflied vorgesungen.* „Guten Abend, gut Nacht, von Englein bewacht, …“Justine stimmt leise das Lied an, als wäre es gestern gewesen.

Das ganze obere Stockwerk ist mit alten Holzdielen ausgelegt, die bis auf ein paar Wasserflecken noch gut in Schuss sind. An den Ecken sind die Wände leicht schräg, da das Haus ein Walmdach trägt. Die kräftigen Stützbalken des Dachstuhls sind nicht vollständig in die Wand eingearbeitet und geben dem alten Gebäude einen echten Landhaus-Charakter. *Das Haus hat sowieso einen ganz besonderen Charme*. Justine ist ganz verzückt. *Man spürt in vielen kleinen Details die Liebenswürdigkeit von Tante Vally, als wäre sie noch da.*

Justine schaut sich um und ihr Blick wandert nach oben. *Eine Luke!* Die Leiter zum Dachboden ist schnell gefunden. Bis auf einige Rollen Maschendrahtzaun ist der Dachstuhl leer. Sie entdeckt keine Undichtigkeiten und kein totes Tier. In einer Ecke hängt ein Wespennest, dass noch bewohnt zu sein scheint. Spätestens Ende Oktober sterben die Wespen ab, dann will sie das Nest entfernen. Das Dach ist gut von außen mit einer Art Lochblech abgedichtet worden, sodass es größere Eindringlinge nachhaltig auszusperren scheint.

11. Erkundungen

„So, wo kann denn jetzt nur dieser Sicherungskasten versteckt sein?“
Da fällt Justine das Telefon wieder ein und sie rennt ins Wohnzimmer. Nachdem sie die Kommode weggerückt hat, sieht sie eine uralte Telefondose.

Na, das kann ja heiter werden.
In der Küche findet sie dann endlich, hinter einem Bild versteckt, den uralten Sicherungskasten. Es scheint darin mal einen Kabelbrand gegeben zu haben. Noch hat Justine die Hoffnung, dass ein Elektriker das Problem relativ rasch lösen kann und ihr wenigstens ein paar neue Steckdosen setzt. Sie sieht Tom schon vor ihrem inneren Auge, wie er zufrieden grinst, weil er in diesem Punkt recht behalten hat, was den Lebensstandard angeht.

Nachdem sie das ganze Haus im Schnelldurchlauf inspiziert hat, setzt sie sich in der Küche an den Tisch und zieht eine erste Bilanz.

„Ja … doch. Hier kann ich bleiben.“
Sie kann es sich tatsächlich vorstellen, hier eine Weile zu leben. Das ist die wichtigste Erkenntnis überhaupt, sich nicht ekeln oder gar gruseln zu müssen. Natürlich ist es fremd und ungewohnt. Es wird eine Zeit dauern, bis sie sich hier zuhause fühlt. Die größte Baustelle ist die Sache mit dem Strom. Sie hat den Leihwagen nur für eine Woche

und wäre ohne Strom quasi von der Außenwelt abgeschnitten. Das geht nicht.

„Verfluchtes Ding“, schimpft Justine, während sie den unhandlichen, fast dreißig Kilo schweren Koffer die Treppe hoch schleppt. Unter lautem Fluchen und Gepolter gewinnt sie den Kampf und schleift den Koffer in Valeries Schlafzimmer. Sie packt ihre Kleidung in den leeren Schrank und richtet sich im Bad mit dem Nötigsten ein. *Tante Valerie hat scheinbar ihre Wäsche und auch die Sachen im Bad bereits entfernen lassen, als sie ins Spital gezogen war.*

Eine frische Dusche wäre jetzt wunderbar, doch sie will erst noch die Wasserversorgung überprüfen. Unten im Garten steht ein Brunnen, der an der Öffnung die Form eines wasserspeienden Fisches hat. Justine öffnet die Holzverkleidung ein wenig und schaut auf den glatten Wasserspiegel im Schacht. Als sie einen kleinen Kiesel hinabwirft, bilden sich im Wasser kreisrunde Ringe, die sich rasch wieder ebnen. Das Wasser wird über eine mechanische Pumpe ins Haus geleitet. Sie betätigt den Pump-Arm am Brunnen und das Wasser spritzt in einem starken Strahl aus dem Maul des Fischs.

Gott sei Dank, hier ist alles in intakt. Nachdem Justine drei Gießkannen voll abgefüllt hat, geht sie nach oben ins Bad. Sie entkleidet sich und zieht an der Schnur. Es kommt eine Weile lang rostige Brühe, dann klart es auf und Justine steigt in die Wanne. Als es ganz klar ist, trinkt sie etwas von dem Wasser, dann seift sie sich ein.

„Herrlich!“

Nach der eiskalten Dusche geht es ihr richtig gut und neue Energie kehrt in ihren Körper zurück. Sie schlüpft in ihr Lieblingsshirt und in eine bequeme Jogginghose.

Die Zeit, die jetzt beginnt, wird still sein und sie sehnt sich nach ebendieser Ruhe. Es wäre für Justine spielend leicht, Kontakte zu knüpfen, doch sie scheut sich davor. Ihr war eine klare Abgrenzung zu anderen bisher nicht gut gelungen, was stets dazu führte, dass andere sie und ihre Großherzigkeit förmlich ausgesaugt und damit ihrer Energie beraubt hatten.

Tom sagte vor ein paar Tagen noch, sie würde immer wunderlicher werden, weil sie jetzt alleine in diesem Haus leben wird. Er konnte das überhaupt nicht begreifen, wie man dieses Los gegen ein Leben in Hamburg eintauschen könnte. Justine wird mit jedem Tag bewusster, dass Tom und sie nur beieinander waren, um nicht total allein zu sein. *Wie schlimm wäre es denn, wenn er recht hätte und diese Reise mich seltsam verändern würde? Und ob man dieses Wunderliche irgendwann mal wieder ablegen kann oder ob es an einem haften bleibt? Ich bin gerne wunderlich.*

Ein kleiner hellgrüner Klara-Apfel. Justine pflückt ihn und beißt herzhaft hinein. *Es handelt sich um eine der frühen Apfelsorten, etwas mehlig im Geschmack.* Sie streift weiter und entdeckt lauter kleine Details, die sie beim ersten Besuch gar nicht wahrgenommen hat. Entlang der Mauer ist inzwischen eine große Hortensie in einem zarten Rosaton aufgeblüht. Beim ersten Hinsehen sind es große üppige Blüten auf, doch auf den zweiten Blick stellt sie fest, dass es hunderte kleine Blumen sind, die erst gemeinsam diesen buschigen Blütenkopf bilden. In der Mitte sind es noch Knospen oder erst winzige Blumen, die nach außen hin ausladender werden, bis sich schließlich alle Blüten geöffnet haben. Jede für sich ist perfekt, das Gesamtbild atemberaubend schön.

Tante Vally hat eine große Laterne mit Hauswurzen bepflanzt und an einen kräftigen Ast im Flieder gehangen. Hier tummeln sich Schmetterlinge in allen Farben. In der alten Lampe ranken hängende Ableger aus den fehlenden Glasscheiben heraus. Darunter liegt ein Berg aus Sandsteinen, auf dem Sukkulenten aller Art blühen.

In einem Mauervorsprung stehen lauter gusseiserne Figuren und daneben aufgereiht und kräftig mit Rost bedeckte Nachbildungen von französischen Lilien. *Fleur-de-lis, eine stilisierte Schwertlilienblüte und das wohl bekannteste Symbol der französischen Monarchie.* Sie nimmt eines der Teile hoch und staunt, wie schwer es ist. *Diese Lilien hier zierten sicher mal die Spitzen eines Zaunes.* Justine löst sich wieder von diesem schönen Ort, denn es gibt es Wichtigeres.

Wo ist das Holz? Wenn Tante Vally nicht mit einer herkömmlichen Heizung geheizt hat, dann sicher wie damals über den Kachelofen, der in der Küche steht. Und als sie ums Haus herumtritt, sieht Justine das Holz fein säuberlich an der Hauswand aufgeschichtet und von einer Plane von oben geschützt. Sie hat keine Ahnung, wie lange das Holz genau reichen würde, doch fürs Erste kommt sie damit aus. Justine geht weiter in den hinteren Teil des

Gartens. Sie zählt einige Obstbäume, eine stattliche Magnolie, Haselsträucher, drei große Eichen und einen Nussbaum. Der Nussbaum hat schon winzige grüne Früchte ausgebildet. *Das wird sicher eine gute erste Ernte geben*!

Wenige Schritte weiter blickt sie auf ein Wäldchen aus Birken, darunter zahlreiche Birkenpilze. In den höchsten Baum im kleinen Wäldchen scheint mal der Blitz eingeschlagen zu haben, denn er ist zur Hälfte abgeknickt.

Nachschub für Brennholz, notiert sie sich im Geiste und geht weiter, geradewegs auf zwei Holzhütten zu. Beide Schuppen sind mit Dachpappe und schweren Steinen abgedeckt. *Wahrscheinlich ist das nicht gerade fachmännisch gemacht worden, aber wirksam als Schutz vor der Witterung, denn das Holz beider Häuser ist in einem guten Zustand.*

Das eine Häuschen ist eine Art Geräteschuppen und die Tür ist mit einem Schloss verriegelt. Justine späht durchs Fenster und erkennt Gartenutensilien, zwei Rechen an der Wand hängend, einen Handrasenmäher, Pflanztöpfe und Eimer.

Die Hütte nebenan ist eingezäunt. Zunächst vermutet Justine einen Hundezwinger, doch dann erinnert sie sich daran, dass Tante Vally damals ein paar Hühner und eine Gans hielt. Die Gans hatte sie mal als Weihnachtsbraten geschenkt bekommen und behalten, weil sie es nicht übers Herz brachte, sie zum Schlachten wegzugeben. *Tante Vally lebte für und mit der Natur und ehrte jedes Lebewesen, sogar Nacktschnecken oder Wühlmäuse.*

Der Stall ist in Ordnung, doch der gesamte Zaun ist durchgerostet und vollkommen vom Efeu überwuchert.

Kurz bevor Justine das Haus einmal umrundet hat, gelangt sie wieder in den ehemaligen Gemüsegarten. Sie erkennt es noch an den Beet-Rabatten, dem Gestänge für die Bohnen und an dem Kräutergarten. Direkt daneben gehen drei Stufen hoch zu einer Terrassentür an der Küche. Von innen dachte Justine noch, dass es sich um ein bodentiefes Fenster handle.

Das ist ja perfekt!, freut sich Justine aufgeregt. Mit einem Mal sieht sie sich mit einem Kopftuch im Haar in der Küche stehen, Mitte fünfzig, das Gesicht von der Sonne gebräunt. Sie lacht bei diesem Gedanken und atmet einige Male tief den Duft ein, während sie einige Rosmarin-Nadeln zwischen ihren Fingern verreibt.

In den Gemüsebeeten entdeckt sie ausgeblühte Zwiebeln und Knoblauchzehen, einige Erdbeerpflanzen, Sellerie sowie verschiedene Kohlsorten. Dazwischen alles voller Unkraut. Im hinteren Bereich stehen Kartoffelpflanzen, die stark von rötlichen Raupen abgefressen sind. Am Kompost ranken grüne Triebe und Blattgrün vom Kürbis., anscheinend aus alten kernen aus dem Vorjahr wild aufgegangen. An den Seiten wuchern Himbeeren und Brombeeren, und mitten in hüfthohen Gräsern lugen einige Büsche Johannisbeeren hervor. An der Steinfassade und an der alten Pergola ranken Weinblätter.

Da kommt eine Menge Arbeit auf mich zu!

Mit dem Betreten des Anwesens hat Justine jegliches Gefühl für die Zeit verloren. Es ist, als hätte sie sämtliche Konventionen an der Garderobe abgelegt und ist in eine neue Welt eingetreten, in der die Uhren anders gehen. Da es draußen bereits dämmert, muss es schon sehr spät geworden sein. Sie holt rasch noch das Handy aus dem Auto, das leider nur halb geladen ist. Enttäuscht überlegt sie, was sie machen soll. Sie tippt ein paar Zeilen an Tom, startet kurz die Zündung und hängt es nochmal ans Ladekabel. Es ist kurz nach neun, als sie auf die Anzeige ihres Fitnessarmbandes blickt. Und ihre Hände zittern vor Unterzuckerung. Außer dem Frühstück im Zug, dem Apfel und einer Hand voll Beeren aus dem Garten hat sie nichts mehr gegessen. Sie geht rasch hoch ins Schlafzimmer und leert ihre mitgebrachte Wasserflasche mit einem Zug. Aus dem Gepäck nimmt sie die Packung Nudeln und das Pesto heraus. Eigentlich wollte sie sich nur kurz im Haus umsehen und dann einkaufen fahren, doch dafür ist es jetzt längst zu spät.

In der Küche findet Justine einen großen Topf und stellt ihn auf den Herd. Auch aus diesem Wasserhahn kommt prustend das rostbraune Wasser. Sie wartet einen Moment ab, bevor sie den Topf befüllt. Nun öffnet sie die größere Luke unter den drei Herdplatten.

„Aha, das ist eine Art Brennkammer."

Im unteren Fach landet dann die Asche. Hier muss ich also erst einmal Feuer anmachen, bevor ich die Nudeln kochen kann. Unterhalb des Kachelofens ist Holz aufgeschichtet, an der Seite steht eine Kiste mit trockenen Spreißeln und Tannenzapfen. *Keine Streichhölzer oder ein*

Feuerzeug, das gibt's doch gar nicht?, wundert sie sich. Sie findet zwar weitere Kerzen und Öllampen, aber nichts zum Anzünden. Am Kamin liegt eine Metallstange, die schon sehr abgerieben aussieht. An einer Schnur ist ein Blättchen, ähnlich einer Messerklinge, befestigt. Justine erinnert sich, dass Tante Vally sie immer zum Zunder holen schickte.

„Oh man, Jus. Hättest du dir besser ein belegtes Brot mitgenommen, du Dummkopf", mosert sie mit sich selbst herum.

So langsam wird sie ungeduldig. Justine öffnet eine große Blechdose und entdeckt Holzspäne und Schilfwolle.

Challenge accepted, feuert sie sich selbst an, um bei Laune zu bleiben, doch noch brennt das Feuer nicht. Sie hat keine Ahnung, wie sie mit dem Feuerstahl umgehen muss. Durch die Reibung wird ein Funke erzeugt, der dann im Zunderbett ein Feuer entfacht. *Bei Tante Vally war das eine Sache von fünf Sekunden, das kann also so schwer nicht sein. Nur wie?* Justine holt sich sicherheitshalber eines der Backbleche aus dem Ofen. Die Bleche sind so sauber, dass sie nicht schlecht staunt. *Tante Vally war wirklich sehr ordentlich, davon kann ich mir noch eine Scheibe abschneiden. Meine Backbleche waren definitiv schmutziger.*

Sie bläst den Staub vom Blech, stellt zwei Holzscheite in die Mitte und legt drumherum einige Spreißel, grobe Holzspäne, etwas von der Birkenrinde und Zunder. Dann stützt sie den Feuerstahl auf und fährt mit der Klinge daran hinab. Erst vorsichtig, dann immer schneller. Es sind keinerlei Funken zu sehen. Justine verändert die Position und probiert es unermüdlich weiter.

Da! Der erste Funke. Und wieder ... und wieder. Ein Funke trifft ihre Hand und brennt sich in die Haut ein, den Zunder erreichen sie leider noch nicht. Kurz hält sie die Hand unters kalte Wasser und marschiert dann zur Kellerluke.

Justine will erstmal irgendwas trinken. *Vielleicht ein Bier für die Nerven.* Wenn sie nicht mehr so zittrig ist, dann klappt es sicher besser. Sie angelt eine Flasche aus dem Kasten, der im Regal steht. Das Bier ist zwar abgelaufen, aber trotz der sommerlichen Temperaturen angenehm kühl. Sie öffnet die Flasche noch am Beschlag der Kellerluke und trinkt in großen Schlucken. Als sie wenig später den Feuerstahl erneut ansetzt, trifft ein Funke in die Pflanzenwolle und es beginnt zu glimmen. Sie wiederholt den Vorgang im gleichen Winkel und siehe da, der Zunder fängt tatsächlich Feuer. Andächtig bewacht Justine das kleine Glutnest und wirft ein paar Holzspäne hinterher. Die Späne bringen die ersten Flammen. Eine halbe Stunde später lodert es in der Brennkammer und das Nudelwasser wirft am Grund des Topfes erste Bläschen. Während die Nudeln kochen, geht sie raus zum Auto, um ihr Handy zu holen. *Endlich ist der Akku wieder vollgeladen. So komme ich damit über die Nacht.*

Zurück in der Küche steigt sie auf einen Stuhl und schneidet ein Bündel getrockneten Knoblauch von der festen Kordel, die quer durch die Küche gespannt ist. Als das Nudelwasser abgegossen ist, gibt sie Öl und Knoblauch in eine Pfanne, schwenkt alles gut durch, würzt es mit Pesto, Rosmarin, Salz und Pfeffer. Würde jetzt jemand von außen durchs Fenster hereinschauen, so sähe er Justine ganz alleine mitten in der großen Küche am Esstisch sitzen, wie sie bei Kerzenschein nachts um Viertel nach zehn zwei randvolle Teller Spaghetti verschlingt. Manch einer würde sie für ihren Schritt feiern, ein andere hätte vielleicht Mitleid. Nach dem Essen steht sie auf, räumt den Teller in die Spüle und schließt danach alle Klappläden. Oben legt sie sich in das von ihr frisch bezogene Bett.

Das Handy klingelt, Tom ruft an. *Jetzt nicht, Tom.* Justine ist gerade so weit weg von ihm und von ihrem alten Leben, dass sie keine Muße hat, mit ihm zu sprechen.

„Bin noch busy, Tom. Hier ist alles in Ordnung. Muss jetzt erst mal was essen. Ist es ok, wenn wir morgen früh telefonieren?“, schreibt sie und dazu sendet sie ein Bild von ihrem ersten Teller Nudeln in ihrem eigenen Haus.

„Das freut mich, dass alles gut ist. Bin auch gleich mit den Jungs in der Stadt. Schlaf dann gut. Wenn was ist, Handy ist auf laut.“

„Danke, lieb von Dir! Viel Spaß und grüß alle von mir.“

12. Der erste Morgen

Mit einem lauten Gähnen streckt sich Justine im Bett aus. Sie hatte sich keinen Wecker gestellt und laut ihrem Fitnessarmband fast neun Stunden geschlafen. Ihr Ruhepuls ist gesunken und sie fühlt sich erholt wie selten zuvor. Einen Moment dauert es, bis sie realisiert, wo sie ist. Sie liegt still und lauscht. Doch sie hört nichts. Keinen Tom und keinen Straßenverkehr. Totenstille. Ihr schaudert kurz, bis der Ruf eines Kuckucks ertönt, als wolle er ihr sagen:

„Kuckuck, na endlich bist Du wach. Also los, worauf wartest Du noch? Raus aus den Federn! Kuckuck."

Justine schwingt sich aus dem Bett und putzt sich die Zähne. In der unteren Etage öffnet sie alle Läden und Fenster und bereitet das Feuer auf dem Backblech vor. Als das Feuer ordentlich brennt, bugsiert sie es vorsichtig in die Brennkammer, legt mittelgroße Spreißel nach und erhitzt sich einen Topf mit Wasser, um darin ihren Instantkaffee aufzulösen. Wie sie das Feuer direkt in der Brennkammer entzünden kann, ist ihr noch schleierhaft, aber so geht es ja auch.

„Das ist gut. Schön brennen, liebes Feuer, damit der Tag mit einem starken Kaffee beginnen kann."

Justine spricht mit den Flammen und ist ganz stolz darauf, dass ihr das so gut gelingt.

Aus dem Garten holt sie drei Äpfel, die sie mit dem Jagdmesser halbiert. Als der Kaffee fertig ist, schlüpft sie in die Pantoffeln von Tante Vally und tritt auf die Terrasse. Sie kratzt sich eine Stelle auf der vermoosten Steinbank frei, nimmt Platz und wählt Toms Nummer.

„Hallo Tom, ich bin's", begrüßt Justine ihn freudig. „Bist du schon wach?"

„Eben aufgestanden. Nun erzähl mal, wie es ist, Tini", drängt Tom. Justine ist einen Moment lang froh, seine vertraute Stimme zu hören. Sie reden eine ganze Weile und Tom ist aufrichtig erleichtert, dass das Haus kein Totalausfall ist. Dann beginnt Justine mit den schlechten Nachrichten.

„Einen Haken hat die Sache aber. Okay, eher zwei. Es gibt keinen Strom und das fließende Wasser kommt von einem Brunnen auf der Rückseite des Hauses." Nachdem Tom schweigt, redet sie weiter: „Ich habe keine Ahnung, wie ich mein Handy laden soll und auch nicht, ob ich im Winter fließendes Wasser zur Verfügung habe."

„Okaaaay, das ist krass." Tom sucht nach den richtigen Worten.

„Das wird nochmal richtig teuer, dass alles hier umzurüsten. Ich weiß nicht, ob ich mir das leisten kann", gesteht Justine ganz offen.

„Es hätte noch viel schlimmer kommen können." Tom beruhigt sie zunächst und bietet ihr Unterstützung an. Nach einem Moment des Schweigens fährt er fort: „Und nicht vergessen, du warst diejenige, die gleich mit Sack und Pack dorthin ziehen wollte. Du alleine, das hat dir niemand aufgetragen." Neben den zahlreichen schlauen

Sprüchen hat er aber tatsächlich auch einige hilfreiche Ideen parat. „Am besten, du fährst in die Stadt und besorgst dir erstmal Batterien, Kaminanzünder und Feuerzeuge. Und dann suchst du in Ruhe nach einem Elektriker. Vielleicht kannst du vorübergehend mit einem Stromgenerator arbeiten.“ Zum Ende des Gesprächs erzählt er ein wenig aus Hamburg und von seinen Eltern, dann legen sie auf. Justine hat das Gefühl, mit einem Freund gesprochen zu haben, nicht mit ihrem Lebens- und Liebespartner. *Ob ich ihn eines Tages nochmal so richtig vermissen werde?*, fragt sie sich.

Die Matratze von Valerie ist hart und schon sehr durchgelegen, das war Justine gestern schon beim Bettbeziehen aufgefallen. Im Garten macht sie einige Dehnübungen, um sich wieder etwas Beweglicher zu fühlen. *Ich kaufe einfach eine Neue, das ist mir eh lieber.* Dann geht sie zurück in die Küche und öffnet neugierig einen Schrank nach dem anderen, weil sie gestern längst nicht alles inspizieren konnte.

Sie entdeckt etliches an handbemaltem Geschirr und hinter einem Vorsprung steht eine alte Glasvitrine mit Fachbüchern. Sie nimmt Buch für Buch hinter dem Glas heraus und bläst den Staub weg. Dann blättert sie sich aufmerksam durch eine große Sammlung von allerlei naturkundlichen Ratgebern, die von Hildegard von Bingen und Sebastian Kneipp. Justine stöbert sich durch die Mondkalendet, studiert das Inhaltsverzeichnis des gebundenen Gartenkompasses und greift sich ein Buch über das Salz aus dem *Alten Gewürzamt*. Es ist neben dem letztjährigen Mondkalender mit Abstand das aktuellste Buch in dieser Sammlung. Dann folgen verschiedene Kochbücher. Ganz im Eck stehen zwei braune, schon etwas zerfledderte Mappen mit Jutebändern umwickelt. Sie nimmt die abgegriffenen Mappen vorsichtig heraus und schlägt sie am Küchentisch auf. In der einen Mappe befindet sich eine Sammlung von handgeschriebenen Rezepten. Sie schiebt die Mappe beiseite und öffnet den Deckel der zweiten Blattsammlung. Gleich obenauf liegt ein Brief. Justine stockt der Atem. *Valerie hat mir noch etwas geschrieben?*, wieder bekommt Justine Tränen in den Augen.

Geliebte Jus,

um Dir den Aufenthalt in Deinem Haus so angenehm wie möglich zu machen, habe ich mal begonnen, Dir die wichtigsten Informationen in diesem Etui zu sammeln. Du siehst, ich begleite Dich noch ein Stück auf Deinem neuen Weg. Du bist nicht allein, auch wenn es sich manchmal so anfühlen wird.

Im Haus befindet sich die wichtigste Literatur, um Dich größtenteils selbstversorgen zu können. Ich habe Dir mit einer Tabelle ein ganzes Gartenjahr zusammengestellt. Du kannst daraus entnehmen, wann Du die Samen in die Erde bringen musst, um Dir damit in der nächsten Zeit eine reiche Ernte zu bescheren. Auch ist es wichtig zu wissen, wie Du düngst und gießt, mit welchen Schädlingen Du rechnen musst und was Du im Einklang mit der Natur tun kannst, um den Ernteausfall gering zu halten. Einige Pflanzen vertragen sich gut mit anderen und können als Mischkultur nebeneinander gepflanzt werden, andere Pflanzen beeinflussen sich negativ, wenn Du sie zu nah beieinander pflanzt. Du findest weiter hinten in der Mappe eine umfangreiche Tabelle, der ich mich auch immer bedient habe, wenn ich mal unsicher war. Es wird Dir sicherlich nicht alles gelingen, aber vieles davon. Und mit der Zeit findest Du Deinen eigenen Rhythmus mit der Natur. All das soll nur zu Deiner Orientierung dienen. Fühle Dich bitte völlig frei, es anders und nach Deinen Vorstellungen zu gestalten. Ich bin mir sicher, Du wirst Haus und Hof noch schöner machen, als ich es zu meinen Lebzeiten je konnte.

Zu den verpachteten Weinbergen: Winzer Peter ist ein sehr guter Freund. Als meine Familie die Weinberge nicht mehr selbst bewirtschaften konnte, habe ich sie ihm zur Pacht angeboten, damit sie nicht zuwuchern. Der Weinanbau am Steilhang ist sehr mühsam, da man keine Maschinen einsetzen kann, doch er bringt den besten Wein hervor. Ich habe nur gerade so viel an Pacht verlangt, um damit jedes Jahr die Versicherung für das Haus bezahlen zu können. Peter hat mir immer Flaschen von dem neuen Wein gebracht und wir haben die erste Flasche gemeinsam mit etwas Brot verkostet. Der Brot-Ofen steht im Garten am Geräteschuppen. Wenn es meine Zeit auf Erden noch erlaubt, so will ich Dir noch aufschreiben, wie Du ein gutes Brot backen kannst. Im Moment gibt es aber noch wichtigere Themen.

Ich bin gespannt, was Du zu dem Wein sagst, wenn Du Dir mal eine Flasche öffnest. Auf dem Etikett steht der Hinweis „Von einem Weinberg der Familie Dupont“. Auf älteren Flaschen stand noch „Vignoble de la famille Dupont“, da meine Eltern Franzosen waren und deshalb eine enge Verbindung zu einem Weingut in der Champagne bestand.

Der Schlüssel zum Geräteschuppen hängt in der Küche hinter der Tür. Dort findest Du auch zahlreiche getrocknete Pflanzensamen in kleinen Umschlägen, die Du gerne verwenden kannst. Es ist alles genau beschriftet.

Leider habe ich es nicht mehr geschafft, den Hühnerstall für Dich herzurichten. Du sollst wissen, die Hühner sind in vielerlei Hinsicht ein sehr wichtiger Bestandteil der Selbstversorgung. Sie bringen Dir Eier, verwerten Deinen Bioabfall und halten auch die Beete frei von ungebetenen Insekten. Und aus dem Hühnermist kannst Du einen sehr guten Dünger für das Gemüse ansetzen.

Und jetzt kommen wir zum wichtigsten Punkt bei diesem Wegweiser. Ich habe Dir ein Rätsel vorbereitet, welches Du im Laufe der Zeit lösen wirst. Es wird Geduld, etwas Geschick und Deine Neugierde brauchen, doch ich bin sicher, es wird Dir gelingen. In des Rätsels Lösung liegt für Dich mein bescheidenes Vermögen, welches ich bewusst aus der Erbmasse herausgehalten habe, um Dich nicht noch mehr finanziell mit Steuern zu belasten. Auch sollte dieses Vermögen nicht der Grund für eine Zusage des Erbes sein. Und wenn Du nun hier stehst und die Zeilen liest, dann bin ich mir sicher, alles richtig gemacht zu haben. Wenn Investoren diesen Brief anstelle Deiner in die Hände bekommen, werden sie an diesem Rätsel scheitern, weil sie es nicht lösen können. Ein Bagger, der auf dem Grundstück zugange ist, würde, ohne es zu wissen, einen Großteil meines Vermächtnisses zerstören. Lass Dir also mit der Lösung Zeit, es wird sich alles finden.

Justine lässt den Brief sinken und denkt nach. Aus dem ersten Impuls heraus möchte sie Tom anrufen, doch sie entscheidet sich dagegen. *Warte.*
So beschließt sie, dieses Geheimnis zunächst für sich zu bewahren und mit niemandem darüber zu sprechen. Sie liest weiter. Auf den folgenden Seiten findet sie sämtliche Aufzeichnung zur Bewirtschaftung des Hauses. Tante Vally hat beschrieben, wie die Wasserversorgung im Winter funktioniert, wann was zusätzlich isoliert oder abgestellt werden muss, wie der Kamin zu reinigen ist und auch wie lange frisches Holz trocknen muss, bevor man es verfeuern kann.

Für Zunder eignet sich: trockenes Moos, Distelwolle, morsches Holz, Birkenrinde, Holzspäne, getrocknete Brennnessel, abgeblühte Mariendistelwolle, Pusteblume des Löwenzahns, Gras und Heu, Flechten, Schilfrohr, Laub, herabgefallene Kiefernnadeln, …
Dann gibt es mehrere Seiten über das Halten von Geflügel, findet Justine heraus. *Das mit den Hühnern schien Tante Valerie ja äußerst wichtig zu sein*, denkt sie.

Der Hühnerstall sollte am besten mit Holzhäcksel oder Hanf ausgelegt werden, zur Not auch mal mit Stroh. Du erhältst alles beim Bauern Justus. Für den Winter kannst

Du Walnussblätter und Reisig von den Obstbäumen trocknen und mit den Händen zerdrücken. Das ist die beste Einstreu, unbehandelt aus der Natur. Die Klappe am Stall muss nachts geschlossen werden, sodass keine Jäger hineinkönnen. Hierzu gibt es bereits einen entsprechenden Mechanismus an der Hühnerklappe, der auch ohne Strom funktioniert. Das Haus und der Auslauf sind ausgelegt für gut acht Hennen und einen Hahn.

Der Hahn weckt Dich jeden Morgen mit Sonnenaufgang, was einen Wecker überflüssig macht. Ich habe, wie Du Dich vielleicht erinnern kannst, die Hühner fast täglich raus in den Garten gelassen. Sie haben mir die Nacktschnecken und anderes Ungeziefer am Gemüse weggepickt. Wenn Du die Hennen nicht schlachten lassen willst, holst Du Dir zu Beginn besser nur vier Tiere und ergänzt dann, wenn die alten Tiere weniger Eier legen nochmals mit Jungtieren. Der Hahn wird Dir helfen, die neuen Hühner in die vorhandene Herde zu integrieren. Ein Zusammentreffen im großen Garten ist der Verträglichkeit untereinander sicher dienlich. Geflügel brauchen neben den Impfungen noch verschiedene Zugaben übers Futter, zur Mauser und um gesund und kräftig zu bleiben …

Justine blickt nach oben Richtung Himmel und lächelt Tante Vally im Geiste zu.

„Danke für die Mühe, die du dir für mich gegeben hast. Das gibt mir eine große Erleichterung und die Sicherheit, dass ich es schaffen kann. Ganz allein und doch mit dir an meiner Seite. Es wird noch eine Weile dauern, bis ich deine Art zu leben, auch umsetzen kann, liebe Tante Vally, doch ich möchte dir heute schon Danke sagen, dass du mich auf dieses Abenteuer eingeladen hast."

Valeries Aufzeichnungen schließen mit einer letzten Seite:

Zuletzt freue ich mich, wenn Du Freude daran hast, in meinen Büchern zu lesen. Sei achtsam, denn Du wirst darin weit mehr finden als bedrucktes Papier oder Mythen aus längst vergangener Zeit.

Jeder Abschied ist auch ein Anfang.

„Chaque adieu est aussi un commencement."

In Liebe,

Tante Valerie

Tante Vally war eine sehr kluge und sensible Frau. Justine grübelt eine Weile über diese „Schatzsuche" nach, ehe sie den Gedanken wieder verwirft. *Was war das für ein Rätsel? Und wo liegt die Lösung?* Justine hat keine Ahnung. Tante Vally hat zur Geduld aufgerufen. *Es ist so schade, dass ich Valerie nur einmal in ihrem Leben gesehen habe. Dafür sind meine Erinnerungen an diese Zeit hier wieder erstaunlich vollständig geworden. Ich hätte Tante Vally so viel zu sagen und gerne noch viel mehr von ihr gelernt.*

Justine hat sich eine umfangreiche Liste geschrieben, deren Abarbeitung sie jetzt angehen muss. Nachdem sie aus dem Auto heraus mit dem Elektriker telefoniert hat, fährt sie mit Navi zum Einkaufen. Auf ihrer Liste stehen eine neue Matratze und Spannbetttücher sowie Küchenrolle, Toilettenpapier, Zahnbürsten und Zahnpasta auf Vorrat besorgen. Alle anderen Punkte hat sie bereits von der Liste gestrichen, denn was helfen hier Spülmaschinentabs, wenn sie gar nicht erst eine Spülmaschine hat. Ein Reisewaschmittel in der Tube wandert noch in den Einkaufskorb, damit wird sie vorläufig die Wäsche in der Badewanne waschen. Wie Valerie das gemacht hat, konnte sie noch nicht herausfinden.

Morgen kommen dann ihre restlichen Habseligkeiten mit der Spedition, dann hat sie noch drei Tage den Wagen, um das Fahrrad zur Reparatur zu bringen und die Gegend ein wenig mehr zu erkunden. Im Supermarkt greift sie aus alter Gewohnheit nach zwei Fertigpizzen, bis ihr auffällt, dass sie diese gar nicht mehr tiefkühlen kann. Jus wird schlagartig bewusst, was es bedeutet, keinen Kühlschrank zu besitzen. Es gibt jetzt nur noch die Bodengrube im Keller, die mit ein wenig Sand gefüllt ist. Neben den gut haltbaren Lebensmitteln muss sie alles andere zügig aufbrauchen oder haltbar machen. Justine kauft einen Laib Brot, einen Karton voll mit Hafermilch, eine große Ecke Parmesan, zehn Freilandeier, ein Netz Tomaten und zwei Gläser Oliven. In der Apotheke holt sie einen Vorrat an Magnesium, Vitamin B12 und eine Packung Schmerzmittel für alle Fälle.

Die Matratze ist zu einer handlichen Rolle vakuumiert und lässt sich einfach nach oben tragen. Die alte Unterlage schafft Jus in das hintere kleine Zimmer, für das sie im Moment noch keine Verwendung hat. Nachdem das neue Laken auf die neue Matratze aufgezogen ist, hängt Justine ihre Bettwäsche zum Lüften an die Leine im Garten. Sie pflückt einen großen Blumenstrauß und stellt ihn in der Küche mitten auf den Tisch.

So langsam wird's wieder wohnlich.

Eine Klingel ertönt. *Was kann das sein?* Justine geht zur Eingangstür und schaut hinaus.

„Ah, Sie müssen Herr Maier sein?"

„Der bin ich, junge Frau, der bin ich", ruft ihr der Herr im Blaumann entgegen. Nachdem sich der Elektriker einen Überblick verschafft hat, kocht Justine einen Kaffee und sie setzen sich an den Esstisch.

„Liebe Frau Argon, so einfach, wie Sie sich das vorstellen, geht es leider nicht. Die Verkabelung ist veraltet und würde sich bei Dauerlast erhitzen. Ich kann ihnen nicht empfehlen, hier nur die Steckdosen tauschen zu lassen und Geräte wie einen Kühlschrank oder eine Waschmaschine, geschweige denn einen Wäschetrockner zu installieren. Auch das Laden Ihres Mobiltelefons ist nicht ganz ungefährlich, selbst wenn wir irgendwie den Sicherungskasten wieder flottkriegen."

Justines Kinnlade fällt nach unten. Dann sammelt sie sich kurz.

„Okay, mit welchen Kosten muss ich für einen vollständigen Umbau rechnen?"

„Puh, schwer zu sagen ...", beginnt Herr Maier vorsichtig. „Zehntausend Euro werden hier sicher nicht

reichen, wenn Sie hier vollen Strom nutzen möchten. Genügt Ihnen das als erste Hausnummer?"
Justine lässt sich den Schock nicht anmerken. Wenn ein Plan nicht funktioniert, muss ein anderer her, und zwar schnell.

„Was schlagen Sie als Übergangslösung vor? Solar oder einen Stromgenerator vielleicht?", will sie wissen.

„Ich könnte Ihnen da was basteln. Zwei Solarpaneele, die Ihnen die Leistung für die Nutzung von 230 Volt Steckdosen bieten zum Beispiel. Das gibt es auch mit USB-Port fürs Handy. Der Nachteil ist, dass der Strom nur bei Sonnenschein zur Verfügung steht, wenn sie keinen Speicher dazu kaufen und die Speicher sind teuer. Außerdem sind sie standortgebunden und können zum Beispiel nur in der Küche laden. Dafür macht es keinen Lärm wie ein Stromgenerator und sie müssen kein Benzin kaufen, um den Motor betreiben zu können."

„Gut, dann machen wir das mit dem Solar. Kriegen Sie das bis Freitag hin?"

„Normalerweise nicht, aber für Sie gerne. Ich kann Sie ja hier nicht ohne Strom lassen", lächelt er verständnisvoll und verabschiedet sich.

Pünktlich zur Rückgabe des Wagens ist das Fahrrad repariert, die Solarmodule sind installiert und Justine hat gut eintausendfünfhundert Euro weniger in der Tasche. Sie hat sich am Rad noch eine Halterung montieren lassen, um einen kleinen Lastenanhänger mitführen zu können. Den Hänger hat sie im Fahrradladen stehen sehen und die spontane Idee entwickelt, damit künftig auch mal Holz oder Steine transportieren zu können.

13. Seelenmedizin

Fallen äußere Bewertungen weg, fehlt es an Orientierung. Es ist sehr ungewohnt, sich die Tage völlig frei einzuteilen. Keine Termine, keinen Stress. Jeden Abend nimmt sich Justine die Zeit, mit frischen Zutaten zu kochen. Schon nach wenigen Tagen im Haus zelebriert sie das Zusammenstellen und Kombinieren von neuen Rezeptideen. Sie hat lange nicht mehr so kreativ und aufwendig gekocht und erlebt dabei einen fast meditativen, inneren Frieden. Kein Abend wird ihr dadurch zu lang oder gar zu eintönig.

Was ihr abends dank des Kochens so gut gelingt, holt sie dafür am Tage ein. In Ihrem Beruf wurde ihr alles aufgeladen, es waren gefühlt hundert Aufgaben zu lösen und täglich zahlreiche Telefonate und Kundentermine zu absolvieren. Jemand brauchte etwas und Justine hat es zu ihren Aufgaben gemacht und gelöst. *Mein Zustand jetzt lässt sich am besten mit dem Wort „Nachbeben" beschreiben. Das ganze Seelengeröll ist eine Kruste, die nach und nach aufbricht. Hunderte von Vorgängen gab es jeden Tag aufs Neue und nie hatte die Zeit gereicht, diese ganz zufriedenstellend zu bewältigen, und schon gar nicht, sie über die Nacht zu verarbeiten. Sie wurden nur etwas leiser, doch sie kamen nie ganz zur Ruhe. Jeden Morgen wurden sie wieder von den neuen und lauteren Dingen übertönt. Wenn man sich das wie in einem Orchester vorstellt, in dem irgendwann alle Instrumente gleichzeitig in einer unterschiedlichen Melodie spielen. Was übrig bleibt, ist der blanke Lärm. Erst jetzt wird der aufgestaute Ballast Stück für Stück abgetragen, bis ich mein eigenes Magma in der Stille wieder brodeln hören kann.*

Noch wacht Justine nachts auf und denkt an die Projekte aus der Agentur, voller Sorge, etwas vergessen zu haben. Auch an ihre Kunden denkt sie noch oft. In ihrem Kopf spuken dann Glaubenssätze wie: *Alle haben auf dich gezählt und du hast sie im Stich gelassen, Justine. Wer hat wohl die laufenden Projekte zu Ende gebracht? Haben sie meine Aufzeichnungen dazu noch gefunden und verwenden können? Die Haushaltsroboter-Kampagne und den hundertsten Damenrasierer? Und waren auch alle damit zufrieden? Du könntest es googeln, wenn es dich interessiert. Nein, besser nicht. Am Ende ist es fürchterlich schlecht geworden. Oder gar brillant. Und dann? Wie mag es Ines jetzt ergehen, wo sie wahrscheinlich nun selbst wieder mehr mitarbeiten muss?*

Stopp! Es reicht. Hör endlich auf mit diesem Wahnsinn!

Justine hämmert sich gegen den Kopf, in dem sich das Karussell so schnell dreht. Ihr Ausstieg gleicht einer Art Selbstversuch und sie bemerkt, wie viele kleine Traumata sich über die Jahre in ihr aufgestaut haben. Justines Kopf arbeitete schon immer rastlos, so auch jetzt in der Bewältigung der neuen Situation. Die Suche nach einem Umgang damit fühlt sich nun fast so an, als müsse man als Erwachsener das Gehen wieder neu erlernen.

Eines Abends, als sie ganz geduldig einen Weißwein-Jus reduzieren lässt und nebenbei Petersilie schneidet, kommt sie zu einer ganz persönlichen Erkenntnis.
Es ist die Reduktion auf das Wesentliche im Leben, was mich glücklich macht. Reduktion nicht im Sinne von Reduzierung, also Wegfall, Schwund oder Einschränkung, sondern vielmehr das, was übrigbleibt, wenn man alles Unwichtige weglässt. Auf das, was wirklich zählt, auf sich selbst.
In der Küchensprache verbleibt eben genau darin das ganze Geschmacksaroma, nachdem die Feuchtigkeit drum herum mehr oder weniger verdunstet ist. *Was da immer wieder in mir aufbegehrt hat, das ist ebendiese ganz ursprüngliche und fundamentale Lebenssehnsucht nach dem blanken Sein. Nackt. Willkommen. Klar.*
Justine kostet mit einem kleinen Löffelchen die Sauce und nickt still. Niemand außer ihr bemerkt, dass gerade der Groschen gefallen ist.

Das permanente schlechte Gewissen verfliegt mit der Zeit. Die Telefonate mit Tom werden weniger und gleichen eher einem beiderseitigen Anstandsgespräch, weil noch keiner von ihnen den finalen Schlussstrich gezogen hat. Und Ines? Sie hat sich doch nie wirklich für die Belange ihrer Mitarbeiter interessiert. Ihrer ehemaligen Chefin war es wichtig, für sich selbst den Lebensstandard und das hohe Maß an Freizeit zu sichern und dabei einen guten Ruf zu haben. Und das alles im Zweifel auch auf Kosten anderer.

An den Tagen, an denen Justine diese belastenden Emotionen heimsuchen, kocht sie betont leicht und frisch, als könne sie dadurch der schweren Melancholie etwas entgegensetzen. Sie kauft Kaffir-Limettenblätter, frischen Ingwer und Zitronengras, und zaubert bunte Salate und frische Smoothies. Die Vielfalt der Pflanzen, Früchte und Blüten in der Natur macht sie demütig und dankbar, das erdet sie in all ihren Zweifeln und Sorgen. In den Stunden, in denen sie sich diese Freiheit selbst von ganzem Herzen gönnt und das Erleben von Zufriedenheit zulässt, empfindet sie die Zeit mit sich ganz allein als einen unglaublich großen Luxus.

Justine hat einige alte Fotos gefunden, die sie mit ihren Eltern und auch mit Tante Valerie zeigen. Durch den Tod ihrer Eltern endete für Justine das Kindsein. Sie verlor beide Elternteile innerhalb weniger Jahre wegen Krankheit und hat das bis heute nicht verarbeitet, nur verdrängt. Sie funktionierte wie ferngesteuert und suchte krampfhaft im Außen nach Halt und Heimat, die sie dort aber nicht finden konnte. Erst hier kommt es ihr so vor, als wäre sie nach langer Zeit wieder nach Hause gekommen. Als sie vor einigen Tagen den kleinen wilden Kirschbaum, den sie von Hamburg mitbrachte, in die Erde setzte, war es ihr, als würde sie sich selbst wieder Wurzeln und einen fruchtbaren Boden geben.

14. Erinnerungen

Justine entdeckt bei Staubwischen ein altes Radio. Da sie kein Kabel finden kann, tauscht sie die Batterien aus und dreht an den Knöpfen herum. Nur lautes Zischen und Störgeräusche hört sie und dann eine erste erkennbare Melodie.

„Ta-daaa, geht doch!". Auf dem Radiosender Bayern 1 trällert eine junge Frau mit hoher Stimme über die einzig wahre Liebe. Als der Song zu Ende ist, kommt ein Lied von Tom Astor, der ihr gute Laune macht.

„Flieg junger Adler, hinaus in die Freiheit ..."

Justine kann bereits beim zweiten Refrain mitsingen und beginnt, durch die Küche zu tänzeln. Sie mochte diese Art von Musik schon immer, doch Tom konnte das nicht ertragen. Es klingelt wieder. Sie dreht die Musik leise und schaut nach draußen. Dort steht ein Mann mit einer Kiste Wein.

„Justine?"

Schnell kombiniert sie und fragt vorsichtig:

„Sie müssen Valeries Freund sein?"

„Peter Cornelius Rabe mein Name, grüß Gott Justine. Ich darf doch Justine zu dir sagen, oder?"

„Natürlich!"

„Sehr gut, schließlich kenne ich dich schon, da warst du noch so groß.". Er hält eine Hand auf Hüfthöhe.

„Bist mal bei mir auf dem Traktor mitgefahren, kannst dich noch erinnern?"

Als Justine zögert, lacht er und sagt: „Ah, ist ja auch schon lang her! Und du sagst einfach Peter zu mir, gell. Schön, dass wieder ein wenig Leben ins alte Landhaus kommt."

Dann machen die beiden einen ausgedehnten Rundgang ums Haus herum und Peter gibt ihr einige gute Tipps für den Garten.

„‚Wäre ich ein Stein, ich wäre ganz bestimmt ein Rosenquarz', sagte Valerie. Und als sie mich fragte, was ich dann wäre, viel mir nichts Besseres als ein Bernstein ein." Peter lachte schallend und zuckte mit den Schultern.

„Ich wäre wohl ein Aquamarin", ergänzt Justine freudig. *Peter scheint wirklich sehr nett zu sein.*

„Valerie hat immer den Rosenquarz hier in der Steinfassade bewundert. Sie war fasziniert, wenn die Sonne das Gestein inmitten der Sandsteine aufblitzen ließ", erzählt Peter, als sie an der Giebelseite des Hauses stehen.

„Oh, mir geht es ganz genauso. Wunderschön!"

Diese haushohe Steinmauer verleiht dem Landhaus einen ganz eigenen Charme und aus den Mauerritzen sprießen kleine Polster winziger lilafarbener Blüten hervor. Als sie zu dem Wein an der Pergola kommen, fängt Peter an, einige Triebe abzubrechen. Justine beobachtet ihn aufmerksam dabei.

„Du musst den Wein ausgeizen. Einfach mit zwei Fingern die Seitentriebe an den Blattachseln abzwicken, da sie sonst den Haupttrieben unnötig Energie nehmen. Die Pflanze kann dann alle Energie in die Ausbildung der Weinbeeren stecken. Der Winzer in mir macht eben niemals Pause“, lacht Peter.

„Wann beginnt für Dich die Hauptsaison?“

„Kann man so nicht sagen. Wir sind das ganze Jahr über dabei, unsere Weinberge zu pflegen, um ein bestmögliches Fruchtergebnis zu erzielen. In den Steilhängen ist das mitunter sehr mühsam, da wir alles noch per Hand verlesen. Aber ich bin robust, raue Schale, weicher Kern, du weißt schon.“

Justine macht es Peter nach und entfernt die wuchernden Triebe.

„Valerie hat das frische Weinblatt vom Ausgeizen immer den Hühnern gegeben, sie waren ganz wild darauf.“

„Dann will ich das im kommenden Jahr auch so machen. Ich werde mir nämlich selbst Hühner zulegen.“

„Wenn der Wein dann die ersten Trauben ansetzt, folgt die ‚grüne Lese‘, das nennen wir Winzer so. Hier schneidest du in gut drei bis vier Wochen einen Teil der noch grünen Traubenrispen ab. Und das auch wieder, um eine bessere Ernte zu erzielen. Das hier ist übrigens die Rebsorte Bacchus – auch die ‚göttliche Versuchung‘ genannt.“

„Wie passend“ amüsiert sich Justine.

Eine Flasche Wein später war das Brot aufgegessen und die beiden Schälchen mit Butter und Gewürzöl leer. Als Justine die Teller abräumt, merkt sie, dass sie ein wenig angetrunken ist. Peter scheint den Wein besser zu vertragen.

„Das war ein wunderbarer Abend, Peter", bedankt sich Justine. Der Abend mit Peter erinnert sie an den Abend mit Uschi in ihrer Kneipe auf St. Pauli. *Wie aus einer anderen Welt erscheint es ihr jetzt, dieses alte Leben in Hamburg.*

„Ich möchte mich bei dir bedanken. Auch, dass ich die Weinberge weiter pachten darf und du sie nicht verkaufen willst. Denn das könnte ich mir im Moment nicht leisten. Erst wollte ich dir das nicht sagen, um deinen Plänen nicht im Weg zu stehen, doch nun solltest du es wissen. Ich brauche die Weinberge, um über die Runden zu kommen." Er hält ihre Hände. „Valerie hätte das Bild geliebt, wie du hier in ihrer Küche hantierst."

„Peter, ich hoffe, ich werde die Weinberge nie verkaufen müssen", entgegnet Justine betont leicht, auch wenn sie sich durchaus über ihre Zukunft Sorgen macht. Doch der Abend und das erste Kennenlernen waren zu schön, um jetzt damit anzufangen.

Sie ist rückblickend eigentlich ganz froh darüber, ihre letzten Ersparnisse nun doch nicht für die ganzen Elektrogeräte verwenden zu müssen. Ihr genügt vorerst auch dieses einfache Leben. Es entschleunigt ungemein, wenn das Kaffeekochen länger dauert als nur ein Knopfdruck und es dabei so wunderbar nach Holz und Harz durftet. So einen guten Kaffee wie hier hatte sie wirklich noch nie getrunken. Zum Glück hat Tante Vally ihr den Tipp mit der originalen Espressomaschine aus Italien zum selbst Brühen aufgeschrieben. Damit war der lahme Instantkaffee Geschichte.

Und sie wird das erste Mal im Leben versuchen, ihren eigenen Federweißen herzustellen. Peter hat ihr einen Gärballon dagelassen und alle nötigen Schritte dazu erklärt. Und in dem Lederetui gibt es auch ein altes Rezept für einen roten Zwiebelkuchen mit gelben Tomaten, Weintrauben und geröteten Kürbiskernen.

Es war schon so viele Jahre her, dass sie das letzte Mal Blaubeeren im Wald gesammelt hat. Justine lässt keine Gelegenheit aus, die Erinnerungen zurückzuholen, als können sie sie festhalten und umarmen. Geduldig streift sie von einem Busch zum nächsten. Die wilden Blaubeeren sind sehr viel kleiner als die, die man im Supermarkt kaufen kann.

„Nicht vom Strauch naschen, mein Schatz", ermahnte ihre Mutter immer: „Es kann sein, dass die Eier des Fuchsbandwurms an ihnen haften und du dir was einfängst."

Justine durfte die Beeren erst kosten, wenn sie mehrfach gut abgewaschen oder eingekocht waren, und stand geduldig auf Zehenspitzen an der Küchenzeile, um die Handgriffe der Mutter zu beobachten.

„Jetzt kannst du probieren. Sie sind sehr lecker, ich musste an die Blaubeergrütze kaum Zucker dazugeben. Möchtest Du einen Grießbrei dazu?", fragte sie liebevoll.

Mit den gewaschenen und noch unverarbeiteten Beeren übte Justine Zielwerfen in den offenen Mund ihres

Vaters, der sich sehr bemühte, jede der Beeren zu erhaschen. Eine landete in seinem Auge und es gelang ihm, sie durch das Zukneifen ein paar Sekunden festzuhalten, bevor sie herunter purzelte. Justine hatte dann Bauchschmerzen vor Lachen.
Das ist heute ein Nachmittag voller Kindheitserinnerungen und Glückseligkeit für Justine, draußen im Wald ganz allein. *Nicht mehr nur Mensch zu sein, sondern Natur.*

Eigentlich möchte sie noch Brennnesseln ernten, doch dann sieht sie die vielen Schmetterlinge und entschließt sich, sie nicht zu vertreiben. *Huch,* Justine hält inne, als sich ein Schmetterling direkt auf ihren Arm setzt. Ein weiteres Tier flattert um ihren Kopf herum und ein Zitronenfalter landet auf ihrem Fuß.

Ich bin eine von ihnen geworden ... von der Raupe zum Schmetterling.

Ein Buntspecht hämmert gegen alte Rinde und eine Blindschleiche kreuzt still schlängelnd Justines Weg. Sie setzt sich auf einen Baumstumpf, der ringsherum umgeben ist von Farnen. Ganz still ruht sie und denkt an nichts. Sie atmet bewusst, schließt die Augen, meditiert. Als es unter ihr raschelt, öffnet sie langsam die Augen und blickt zu Boden. Eine kleine Waldmaus mit runden Knopfaugen, die wie kleine schwarze Perlen aus dem grauen Frack heraus glänzen. Justine schmunzelt still in sich hinein, denn für ihren kleinen Körper hat die Maus ziemlich große Ohren. Das Tier kommt immer näher und setzt sich schließlich direkt neben ihren Fuß und beginnt, an einer Buchecker zu knabbern.

Justines Herz macht einen Sprung, weil ihr dieses kleine Geschöpf Vertrauen schenkt. Sie beobachtet den kleinen flauschigen Körper liebevoll und harrt noch eine gefühlte Ewigkeit dort aus. *Heute hat man mich reich beschenkt.*

Am Abend kocht sie ein Risotto, für dessen Zubereitung sie sich bald zwei Stunden lang Zeit nimmt. Zunächst streift sie durch den Garten und erntet viel frischen Portulak und ein paar kleinere Zwiebeln. Nachdem sie die Zwiebeln scharf angebraten hat, gibt sie den Reis dazu, den sie ebenfalls kurz anschwitzen lässt. Dann löscht sie großzügig mit einem trockenen Weißwein ab, gibt etwas Safran Coupé aus dem Gewürzladen dazu und gießt wenig später mit einem Gemüsesud auf. Bei kleiner Flamme und unter ständigem Beobachten scheint es fast, als kümmere sich Justine um jedes einzelne Reiskorn im Topf.

Auf einer anderen Platte röstet sie in der Pfanne die Haselnüsse an, denn heute Abend wird es ein Nussrisotto mit Beeren, Wildblüten und einem frischen Salat geben. Einen Teil der gerösteten Nüsse schneidet sie mit dem Messer klein und hebt sie im Risotto unter. Während der Reis gleichmäßig vor sich hin köchelt, hobelt sie frischen Parmesan vom Klotz und gibt dann die frisch gesammelten Blaubeeren gemeinsam mit den Zwiebeln zu den restlichen Nüssen in die Pfanne. Im Radio läuft das Lied Abenteuerland von Pur, Justine dreht die Musik auf laut und singt mit. *Was für ein kluger Text.*

Als sie den Parmesan ins Risotto unterhebt und das Salatdressing würzt, schließt sie die Augen und wippt im Rhythmus. *So gut duftet es hier... so duftet also das schöne Leben. Das wird ein Festmahl,* freut sich Justine mit sich selbst und deckt sich einen Platz auf der Terrasse ein. Dazu ein Glas von dem Weißwein und eine Kerze.

15. Landhausleben

Es vergehen einige Wochen und Justine lebt sich langsam ein. Sie braucht immer noch Zeit, um zu begreifen, was da wirklich geschehen ist und warum sie jetzt ein völlig anderes Leben führt als noch vor Kurzem. Und doch kommt es ihr schon vor wie eine ganze Ewigkeit. Statt sich in Meetings und Kundenterminen dem Druck neuer Erwartungen auszusetzen und ein Stück weit ihre Seele zu verkaufen, erntet sie die Früchte des Spätsommers, versucht zum ersten Mal, selbst ein Brot zu backen, und scheitert daran. *Das Ergebnis hätte man wunderbar als Kanonenkugel verwenden können, so hart war es,* denkt Justine.

Leider schien es Tante Vally nicht mehr geschafft zu haben, ihre Tipps zum Brotbacken für Justine und die Nachwelt zu notieren. *Valerie war die Kraft ausgegangen.* In der Mappe jedenfalls war nichts dazu zu finden. Justine nimmt sich fest vor, Valerie mit ihren Brotbackkünsten stolz zu machen, auch wenn sie selbst nicht mehr davon kosten kann. Dafür klappt das Marmelade kochen und auch das Einwecken von Gemüse erstaunlich gut. So kann sie, was sie verbraucht hat, auch ein Stück weit wieder für den Winter auffüllen.

Es folgen Tage voller Regengüsse, die gar nicht mehr enden wollen. Justine sitzt am Fenster und schaut hinaus. Stundenlang tut sie nichts, als innezuhalten, bis sie das

dringende Bedürfnis hat, nach draußen zu gehen und die Hände in den Himmel zu strecken. Auf der Terrasse faltet Sie die Hände zu kleinen Schalen, um das duftende Himmelswasser aufzufangen. Als ihr Shirt so durchnässt ist, dass es an ihren Brüsten klebt, zieht sie es sich mit beiden Armen vom Körper. Sie löst den Gürtel und die Hose sinkt zu Boden. Nur im Slip steht Justine im strömenden Regen und lacht. So viel Liebe und Zugehörigkeit hat sie lange nicht gespürt. Erst, als ihr langsam kalt wird, geht sie wieder ins Haus und kuschelt sich in ihrem Bett ein.
In dem Roman, der aufgeschlagen an Tante Valeries Bett liegt, ist eine Passage farbig angestrichen:

„Du bist reich, doch Geld ist es nicht."

Tu es rich, mais ce n'est pas de l'argent.

Justine notiert sich diesen Satz kurzerhand in ihr Notizbuch. Tante Vally hat diese Zeile bestimmt nicht ohne Grund unterstrichen. Daneben ist ein Zeichen zu erkennen, der „J." bedeuten könnte.
Was für eine starke Aussage! Denn obwohl ich hier ohne jeden Luxus und alleine lebe, fühle ich mich reicher als je zuvor. Reich an Zeit, reich an Vorrat und Ernte, reich an Leben.

Als Justine in den Spiegel schaut, blickt sie eine andere Frau an. Gesicht und Arme sind von der Sonne gebräunt, ihre ganze Haut hat einen gesunden Teint. Ihre Haut zeigt keinerlei Unreinheiten mehr und unter den Augen sind die dunklen Schatten beinahe verschwunden.

Justine schaut nur noch einmal am Tag auf ihr Handy, trägt keinen Fitnesstracker mehr. Dafür hat sie die Hände voller Schwielen von der Arbeit im Garten, überall Kratzer von den Brombeeren und schmutzige Fingernägel, doch sie findet, es steht ihr ausgezeichnet. Sie hat an Muskelmasse gewonnen und Körperfett verloren. Immerzu draußen an der frischen Luft und aktiv, das macht sich deutlich bemerkbar.

„Du hast dich wirklich verändert.“ *Die Stimme im Spiegel spricht synchron, als könne sie Gedanken lesen.*
Und auch rund ums Haus macht sich der Einsatz von Justine deutlich bemerkbar. Das Anwesen ist größtenteils von Unkraut befreit und die Terrasse erstrahlt in ihrem alten Glanz. Um die Erdbeerpflanzen herum hat sie Stroh gelegt, dass sie am Rande eines frisch gemähten Feldes aufsammeln konnte. Auch ein Teil der Gemüsebeete ist umgegraben und mit dem nährstoffreichen Humus vom Kompost versehen. Das Umschichten war ein enormer Kraftakt und sollte laut Tante Valeries Aufzeichnungen mindestens einmal pro Jahr erfolgen, am besten im Frühling, was in diesem Jahr allerdings ausgeblieben war. Der Kompost verrottet innen deutlich schneller als außen und durch das Umgraben vermischen sich die Komponenten gut miteinander. Die Mikroorganismen werden dadurch besonders stark angeregt.

Seit ihrem Einzug ins Landhaus sammelt Justine neben Giersch noch etliche andere Wildkräuter und verwendet sie für ihre Gerichte oder für Tees.
Schnell macht sie die Erfahrung, dass ein reiner Wildkräutersalat zu herb, ja fast bitter schmeckt und fängt

daher an, die Kräuter mit milden, gefälligeren Salatsorten zu kombinieren. Besonders lecker schmecken ihr im Salat junge Brennnesseltriebe, Gundermann und Giersch. Letzteres ist so unscheinbar und doch so vielseitig.
In einem der Bücher hat sie gelesen, dass man auch Petersilie des Waldes dazu sagt und die Pflanze viel Vitamin C und A, Magnesium, Kalium und Kupfer enthält. Justine bereitet sich die jungen Blätter des Gierschs mehrmals die Woche als Salat oder Gemüse zu. Sie liest sich durch die Fachbücher und erfährt unglaublich viel Wissenswertes. Gerade für die zahlreichen giftigen Doppelgänger ist eine astreine Bestimmung das A und O vor der Verwertung. Wenn sie unsicher ist, fragt sie Peter oder lässt es einfach ganz weg. Es gibt so viele Alternativen, da muss sie kein Risiko eingehen.

Und längst nicht jedes Kraut schmeckt ihr pur. Die Fenchelblüten zum Beispiel erntet sie und verwendet sie zum Einkochen von Zwiebeln, Blumenkohl und Kürbis. Das Gemüse wird kurz im Essigsud gekocht und dann gemeinsam mit allerlei Gewürzen in ein Einmachglas gegeben. Zum Schluss mit der Schöpfkelle das Glas fast randvoll auffüllen, verschließen und auf den Kopf stellen, so bleibt es wie das eingeweckte Gemüse von Tante Valerie hoffentlich lange haltbar. Manches geht schief, vieles gelingt.

Justine möchte sich auch etwas von den Samen für den Winter sammeln. So zieht sie los, die Dolden des Gierschs zu sammeln. Die kümmelförmigen kleinen Kapseln gibt es reichlich an den verblühten Köpfen der Pflanze. Sie schneidet die Dolden in einen Jutesack und löst daheim die Spreu vom Samen und verwahrt sie in kleinen Schraubgläsern. Für die Verwendung in der Küche werden sie dann kurz im Mörserstößel aufgebrochen und zu einem groben Pulver zermahlen. Zudem erntet sie Brennnesselsamen, die mit ihrem nussigen Aroma ein leckeres kulinarisches Topping darstellen. Sobald die Fenchelblüte Samen bildet, wird sie auch diese Samen einsammeln. Der Anisgeschmack vom Fenchel ist nicht jedermanns Sache, doch Justine schätzt gerade diese außergewöhnliche Note für deftige Gerichte, nicht zuletzt auch, weil sie die Verdauung fördern. Im Landhaus beschriftet sie alles fein säuberlich und räumt es in die Gewürzschublade ein. Dann geht es im Gemüsegarten weiter.

Gerade eben ist sie damit fertig geworden, neue Knoblauchzehen in den Boden zu setzen. In ein frisch vorbereitetes Beet hat sie mit einem Stock einige Zentimeter tiefe Löcher gedrückt und jeweils eine Zehe darin versenkt. Noch im Herbst wird es frische Triebe geben und nächstes Jahr im Sommer, wenn das Blattgrün welk wird, kann der frische Knoblauch geerntet werden. Während sie die Werkzeuge aufräumt, hört sie die Klingel am Tor.

„Ich ko-o-mme“, ruft sie freudig, denn sie rechnet mit Peter.

16. Störungen

Justine bremst ihren Gang, als sie ein fremdes Paar in Businesskleidung am Tor stehen sieht.

„Guten Tag. Bitte entschuldigen Sie die Störung, aber sind Sie Frau Argon?“, fragt der Herr höflich.

„Ja, die bin ich. Warum?“, will Justine wissen.

„Nun, wir dachten, wir schauen mal persönlich bei Ihnen vorbei, nachdem unsere beiden Schreiben unbeantwortet geblieben sind.“

„Schreiben?“

„Darf ich vorstellen, mein Name ist Timotheus Balc.“ Der Mann präsentiert sich selbst mit hochtrabender Stimme.

„Ah, dann sind Sie wohl der Makler, der mein Anwesen für diesen Investor kaufen möchte?“

„Das ist fast korrekt“, nickt wieder der Mann. Die Frau rührt sich gar nicht, als ginge sie das alles nichts an. *Es scheint ihr unangenehm zu sein. Der ganze Termin oder bloß ihr Kollege? Wie oft stand ich selbst so neben Ines, wenn sie mal wieder viel zu dick auftrug.*

„Ich habe noch keine Briefmarken besorgt, sonst hätte ich Ihnen bereits mitgeteilt, dass ich kein Interesse an einem Verkauf habe.“

„Das macht gar nichts, Frau Argon, wir alle haben viel um die Ohren. Deshalb sind wir ja jetzt hier, um Ihnen die

Arbeit anzunehmen“, erklärt der Mann und blickt sich vielsagend zu seiner Begleiterin um.

Sie lächelt kurz lieblich und sagt: „Gerne möchten wir das unterbreitete Angebot persönlich erläutern.“

Er hackt sofort ein und fällt ihr ins Wort. „Wenn ich kurz darf? Wir möchten Ihnen das Angebot persönlich nahebringen UND natürlich noch etwas mehr bieten. Dürfen wir vielleicht kurz eintreten?“

„Ich sagte ja bereits: Ich habe kein Interesse an Ihrem Angebot.“

„Nur einen kurzen Moment, es dauert auch nicht lange. Es wäre uns eine Ehre, wenn Sie uns Ihre wertvolle Zeit für einen Rundgang auf diesem herrlichen Anwesen schenken.“

Die Höflichkeit siegt mal wieder über Justines Abneigung gegen diese Person.

„Na gut, kommen Sie rein.“ Sie öffnet das Tor. *Das fehlt mir jetzt gerade noch.* Zwanzig Minuten später ist der Rundgang beendet und Justine steuert in Richtung Tor, die Frau folgt ihr, doch der Mann bleibt in der Nähe des Landhauses stehen.

„Was haben Sie denn nun vor mit dem Grundstück, Frau Argon?“, ruft der Mann Justine zu.

„Ich werde hier leben.“

Er lacht ungehemmt los.

„Das ist gut, das ist wirklich gut. Fast hätte ich Ihnen das abgenommen. Sie haben ein echtes Pokerface, wenn Sie einen Job suchen, ich stelle Sie sofort ein.“

Justine verzieht keine Miene.

„Nun, hören Sie sich doch mal an, was wir Ihnen für das Grundstück bezahlen. Sie wären mit einem Schlag eine gemachte Frau."

„Die bin ich bereits.". *Pah, was denkt er denn bitte, wer er ist?* Pause. „...und zwar völlig ohne Ihr Zutun. Das hier ist mein Zuhause und mit keinem Geld der Welt zu bezahlen. Darf ich Sie nun bitten, zu gehen? Ich habe noch einen Termin."

Er knickt ein und macht ein mürrisches Gesicht, doch die Dame spricht: „Natürlich, wir werden Ihre Zeit nicht länger in Anspruch nehmen.

„Auf Wiedersehen" Justine beißt sich in dem Moment auf die Lippe, als sie es ausgesprochen hat. *Bitte kein Wiedersehen!*

„Ganz bestimmt wird es ein Wiedersehen geben. Schönen Frauen kann ich einfach nicht widerstehen", säuselt der Makler, macht eine Kehrtwende und lässt seiner Kollegin fast das Tor vor dem Kopf zuknallen. Justine springt einen Schritt nach vorne und hält es auf. Die Dame lächelt scheu und zuckt etwas entschuldigend mit den Schultern.

Noch lange nachdem die beiden gegangen waren, beschäftigt Justine dieser unerwartete Besuch. *Warum habe ich sie überhaupt rein gelassen?*

Am nächsten Tag wird ein Blumenstrauß geliefert. *Nanu, von Tom? Rote Gerbera, Schleierkraut und weiße Rosen? Nein, das passt nicht zu ihm. Er wüsste, dass dies nicht meinen Geschmack trifft.* Justine nimmt die Karte aus dem Umschlag und klappt sie auf.

Sehr verehrte Frau Argon,
vielen Dank für Ihre Gastfreundschaft gestern. Sie sind eine bemerkenswerte Frau. Ich möchte Sie gerne besser kennenlernen und Sie zu einem Abendessen entführen.
In freudiger Erwartung auf Ihre Rückmeldung,
Ihr Immo-Timo, Timotheus Balc

Justine nimmt die Karte mit zwei Fingern und lässt sie ohne Umwege direkt in den Papierkorb segeln. Die Blumen befreit sie aus der zu engen Schnürung und stellt sie ins Wasser. *Ihr könnt ja nichts dafür.*

Drei Tage später steht der Makler erneut draußen vor dem Tor und grinst ihr entgegen. *Mit seinem Lächeln könnte er Werbung für Zahnpasta machen, würde man ihm die Schmierenkomödie abkaufen.*

„Guten Tag, ich habe heute leider überhaupt keine Zeit."

„Gut, komme ich morgen wieder", antwortet er umgehend.

„Hören Sie, was wollen Sie denn noch?"

„Na, mit Ihnen ausgehen. Haben Sie die Blumen und die Karte denn nicht bekommen?"

„Doch." *Sie liegt im Mülleimer,* unkt es in Justines Kopf. „Vielen Dank für die schönen Blumen. Die Einladung jedoch lehne ich ab."

„Oh, das ist aber sehr schade. Ich habe hier nämlich noch etwas für Sie." Er zieht bedeutsam die Augenbrauen hoch und zückt eine Magnum-Flasche Champagner.

„Haha, das meine ich gar nicht. Das ist nur zum Anstoßen für danach."

Das Wort „danach" betont er besonders und zwinkert ihr gespielt lässig zu. Als Justine nicht reagiert, deutet er auf eine Mappe unter seinem Arm.

„Was ist das?", fragt Justine mehr aus Höflichkeit, als aus echtem Interesse.

„Ich habe für Sie eine Penthauswohnung bei einem unserer Neubauprojekte reserviert."

„Sie haben was?!"

„Hier... schauen Sie mal. Alles nagelneu und vom Feinsten. Sie müssen wissen, die Penthauswohnungen sind immer als Erstes verkauft und ich habe extra für Sie diese wundervolle Wohnung geblockt. Sie müssen nur noch Ja sagen, dann können wir mit der Verhandlung beginnen." *Wieder diese Betonung auf dem Wort Verhandlung, dazu dieser verheißungsvolle Blick.*

„Hundert Quadratmeter ein Bad mit italienischem Marmor, Parkettboden aus finnischer Lerche, klimatisiert und mit einem eigenen Whirlpool auf der Dachterrasse ..."

„Halt. Stopp! Ich habe Ihnen doch bereits gesagt, dass dies hier nicht mit Geld zu bezahlen ist."

„Richtig. Weil es Ihr Zuhause ist. Ein Zuhause, dass Sie selbst erst wenige Wochen kennen." *Er wird ungeduldig.* „Denken Sie doch mal nach! Das ist genau der Grund, warum ich diese Wohnung für sie reserviert habe. Ich möchte Ihnen doch gar nichts wegnehmen. Nein, ich möchte Ihnen ein ‚ordentliches' Zuhause anbieten."

„So, das reicht jetzt. Ich habe zu tun, Adieu."

„Mal unter uns, Frau Argon, das kann doch nicht Ihr Ernst sein. Sie sind eine moderne, weltoffene Frau aus der Großstadt. Sie wollen hier doch nicht wirklich ohne Strom und fließend Wasser wie in der Steinzeit leben? Das Haus muss abgerissen werden und das Grundstück bietet den Gästen als zukünftiges Tagungshotel eine Mischung aus qualitativer Arbeits- und Erholungsatmosphäre inmitten des Odenwalds." Justine bemerkt, wie sich seine Miene immer mehr in einen bitterbösen und verzweifelt verzerrten Gesichtsausdruck wandelt.

„Oder haben Sie etwa andere Angebote?"

Zum Glück war sie diesmal so schlau, das Tor gar nicht erst aufzuschließen. So lässt sie den Makler kurzerhand draußen stehen und läuft zurück zum Haus.

„So ein Angebot bekommen Sie nie wieder. Das werden Sie noch bereuen", hört sie ihn rufen. Dann ein Fluchen. Er schmeißt die Mappe auf die Erde und zieht Leine. Mit vor Empörung klopfendem Herzen schließt Justine die Tür zweimal von innen ab. *Was bildet der sich eigentlich ein?*

Nur wenige Tage nach diesem Besuch vergehen, als Justine plötzlich eine sonderbare Entdeckung macht. An ihrem Briefkasten klebt Blut. *Quatsch, wieso denn Blut?*

Beim Aufschließen des Briefkastens fällt ihr dann ein frisch abgeschnittenes Schweineohr entgegen, dass sie aus Reflex erst einmal auffängt, dann aber mit einem lauten Schrei wieder in die Luft wirft. Als es auf dem Boden landet, erkennt sie erst, um was es sich überhaupt handelt. *Was zur Hölle soll das?* Justine ruft direkt bei der Post an, doch dort will niemand etwas davon wissen.

An einem weiteren Tag erschrickt sie sich sehr, als sie diesmal Blut aus dem Briefkasten herauslaufen sieht, noch bevor sie ihn aufschließt. *Das bilde ich mir doch nicht nur ein?* Sie muss all ihre Kraft zusammennehmen und die rechte Hand mit der linken führen, da sie so stark zittert. Dann wird ihr sofort übel. Der ganze Briefkasten ist voll von verdorbenen Innereien und überall surren grün schimmernde Fleischmücken, die sich mit ihrem madigen Nachwuchs an den Fleischabfällen laben.

Es brummt noch laut im Beutel, als sie das Fleisch in der Tüte in den Fahrradanhänger legt, den Spaten packt und einige Kilometer vom Haus entfernt in einem tiefen Loch vergräbt. Justine kann sich jetzt selbst beantworten, was das bedeutet.

Man will mich hier loswerden. Sie wählt Peters Nummer, doch ein Mitarbeiter teilt ihr mit, dass er im Krankenhaus ist. Ein Bandscheibenvorfall bei der Arbeit hatte eine Hüft-OP notwendig gemacht, anschließend Reha. Justine sinkt am Hörer in sich zusammen. *Ob ich Tom anrufen soll? Nein, besser nicht. Er würde ihr wahrscheinlich nur raten, zu verkaufen und zurück nach Hamburg zu ziehen oder das Angebot von der modernen Penthauswohnung anzunehmen.*

„Timotheus, wenn du denkst, du kannst mich so leicht einschüchtern, hast du dich getäuscht“, schreit Justine, so laut sie kann.

17. Unter Leuten

Justine bläst der Fahrtwind ins Gesicht. Sie lacht, während sie beide Füße von den Pedalen nimmt. Das Rad rollt bergab so schnell es kann und sie fühlt sich, als könne sie fliegen. Für einen Moment ist alles wieder ganz unbeschwert.

Kurz vor dem Abbieger in die Stadt drosselt sie das Tempo ein wenig, da fällt ihr ein riesiges, neues Plakat auf. *Da hing doch vorher noch die Werbung für die neue zuckerfreie Limo, daneben die von einem Baumarkt?* Die Bremsen quietschen, als das Rad abrupt zum Stehen kommt. Justine staunt nicht schlecht über die fotorealistische Abbildung, die einen sehr clean designten Gebäudekomplex mitten im Grünen zeigt. Sie liest die Schrift laut vor:

„COMING SOON! Top modernes Tagungshotel - Highly modern Conference Hotel.“ Und dann den Slogan:

„Wenn Arbeiten zum Urlaub wird - When work becomes a vacation“.

Justine radelt weiter in die Stadt, um Briefmarken zu kaufen und auf die Bank zu gehen.

Sie spricht einen Passanten an.

„Bitte, wo kann ich denn hier Briefmarken kaufen?“

„Bei der Post. Da lang“, antwortet der junge Mann gelangweilt, hebt den Arm, deutet nach rechts und schlurft weiter. *Aha.* Jus biegt nach rechts ein und betritt die Filiale. Es ist kurz vor Ladenschluss und fünf Menschen stehen vor ihr in der Schlange. *Wenn ich eines habe, dann ist es Zeit. Gar kein Problem. Tut sogar gut, mal wieder unterwegs zu sein.* Justine schaut sich die Kartenständer an und blättert durch die Zeitschrift HÖRZU. Als sie zu dem Teil mit dem Fernsehprogramm kommt, wird ihr bewusst, wie lange sie jetzt schon ohne Fernseher und Computer lebt. Was früher wichtig war, ist so nebensächlich geworden. Und als sie die ganzen Krimis sieht, die sie früher so gerne geschaut hat, ist sie auch dankbar. *Wahrscheinlich hätte ich mehr Angst im Landhaus, gäbe es einen Fernseher.*

„Hast des noch nicht g'hört? Bei der Valerie Dupong, da is' eine Erbin eingezogen."

„Ja, des hab ich ah scho' g'hört."

„Des muss a weng a komische Person sein. Zieht da ganz allein nauf, in des alte Haus. Mit der kann doch was net stimmen."

„Ah, glaubst Du des? Die wird bald eh wieder weg sein, so eine aus der Stadt. Wos will'n die hier? Wart nur, wenn der Preis stimmt, dann is die schnell weg."

„Ja. Abreissen woll'n ses ja eh, die Banker. Aber... also, ich bin ja keine, die Sachen weiter red, gell... aber ich hab ghört... also man sagt, sie sei auf der Flucht vor ebbes. Und warum sonst sollt sich a Städterin hier her bewegen und do nei ziehn, wenn sie solche Offerten bekommt?"

„Ge, Annemarie, woher host denn des?"

„Des hat a junger Mann beim Bauplanungsauschuss erzählt und mein Ältester, du weißt ja, der ist da engagiert. Der hats mir dann gesagt. ‚Mutter, hat er gesagt, darfst es aber ned weitersagen. Also behalts du bitte a für dich'."

Beide Damen haben keine Ahnung davon, dass Justine direkt vor Ihnen in der Reihe steht und alles mit anhört. *Was soll ich jetzt tun? Soll ich mich zu erkennen geben?* Während die Dame an der Kasse ihre Bestellung zurecht macht und Justine mit ihrer Karte bezahlt, nimmt sie allen Mut zusammen und dreht sich um: „Guten Tag die Damen, mein Name ist Justine Argon. Ich bin die Erbin von der viel geschätzten Valerie Dupont und in der Tat in das Landhaus eingezogen. Zu Ihrer Beruhigung möchte ich Ihnen sagen, dass ich weder auf der Flucht bin, noch vorhabe, dieses schöne Städtchen so schnell wieder zu verlassen. Das Grundstück wird auch nicht verkauft, da hat der Makler wohl etwas vorschnell agiert. Ach ja, und ein Hotel wird es auf meinem Anwesen auch nicht geben." Justine muss kurz Luft holen, bevor sie weiterspricht. „Da Sie, wie ich merke, im Geschichten verbreiten sehr fleißig sind, bitte ich Sie, nun auch meine Geschichte kundzutun. Und grüßen Sie Ihren Sohn lieb von mir. Sagen Sie ihm, ich bin eine ganz nette und bodenständige junge Frau, die einfach ihren Frieden haben will. Wenn er möchte, ist er für einen Kaffee herzlich willkommen, dann kann er sich ein eigenes Bild machen. Vielen Dank." Justine nimmt die Briefmarken und lässt die sprachlosen Frauen mit einem freundlichen Gruß stehen. *Mein Herz rast.*

Daheim angekommen, geht die Suche los. *Wo hab ich bloß diesen Flyer hingelegt,* fragt sich Justine, während sie sich durch einen Stapel an Unterlagen wühlt. *Ah, da ist er ja.* Die hellblaue Aufmachung fällt ihr direkt ins Auge, es ist das gleiche Logo wie auf diesem Plakat. Sie dreht den Hochglanzprospekt direkt um und schaut auf das Impressum: „LivingWell Investments, Geschäftsführer: Dr.

S. Marone, Kennedyallee, Frankfurt am Main.“ *Na warte, Freundchen.* Justine schnappt sich den Block und beginnt aufgebracht mit dem Schreiben.

Guten Tag Herr Marone,
sagen Sie mal, was bilden Sie sich eigentlich ein?
Ich werde mein Grundstück auf gar keinen Fall an Sie verkaufen, nur weil Sie meinen, Ihnen gehört die Welt und mit Geld kann man alles kaufen. Nur, damit Sie noch mehr Geld scheffeln können, Sie geldgeiler Aal. An mir werden Sie sich die Zähne ausbeißen. Um an das Grundstück zu kommen, dafür müssten Sie mich schon umbringen, Sie arroganter Sack!!!!!!!!

Justine malt lauter fette Ausrufezeichen über das ganze Papier, reißt das Blatt vom Block und zerknüllt es. Zehn zerknüllte Blätter und eine Tasse Tee später lautet der Brief an den Investor wie folgt:

Sehr geehrter Herr Dr. Marone,

mein Name ist Justine Argon, ich bin die Erbin von Valerie Dupont. Wir haben noch nicht die Gelegenheit gehabt, uns kennenzulernen, doch ich bin sicher, dass mein Name für Sie ein Begriff ist. Ihr Sekretariat hat mich leider telefonisch nicht zu Ihnen durchstellen können, daher wende ich mich mit einem persönlichen Brief an Sie.

Das Landhaus ist die einzige Verbindung zu meiner Vergangenheit, denn hier verlebte ich glückliche Zeiten meiner Kindheit mit meiner Tante Valerie und meinen Eltern. Weder meine Eltern, noch Tante Valerie sind noch am Leben, deshalb hänge ich besonders an diesem letzten Stück Heimat, das mir nun geschenkt wurde. Ich werde mich davon für keinen Preis lösen und bitte Sie, Ihren „Windhund" (Makler Balc) zurückzupfeifen. Seine Hetze ist vergebens, ich werde den Platz nicht räumen.

Bei allem Verständnis für das Geschäft, welches Sie sich mit dem Kauf meines Anwesens erhofft haben, wir leben in einem Rechtsstaat. Ich hoffe darauf, dass in Ihnen neben dem ambitionierten Unternehmergeist auch ein gutes Herz schlägt. Vielleicht sind Sie selbst Vater, mindestens jedoch sind Sie Sohn und können sich daher vielleicht in meine Lage versetzen.

Verschwenden Sie Ihre Zeit bitte nicht weiter damit, ein Hotel auf meinem Grund und Boden zu planen, und treten Sie bitte wie ein Gentleman den Rückzug an. Ich bin mir sicher, ein Mann von Ihrem Format weiß, wann es an der Zeit ist, vergebene Bemühungen einzustellen und sich anderweitig zu orientieren.

Wenn Sie den Zauber des Anwesens einmal persönlich erleben möchten, lade ich Sie gerne zu einem Landhaus-Dinner ein. Spätestens dann werden Sie begreifen, dass man nicht trennen darf, was füreinander bestimmt ist … und, dass für ein modernes, mehrstöckiges Hotel hier nicht der richtige Ort ist.

Hochachtungsvoll,

Justine Argon

Justine faltet den Brief und steckt ihn in einen Umschlag. Dann ist sie so erschöpft, dass sie alles stehen und liegen lässt und in den Garten hinaus geht. *Was sollen diese Zeilen bei einem Machtmenschen wie Herrn Dr. Marone schon bewirken? Du bist ganz schön naiv, Justine.*

Erst am nächsten Tag trägt sie den Umschlag zum Briefkasten, ohne ihre Zeilen noch einmal durchzulesen. *Genug Energie war bereits in diese Sache geflossen.*

18. Angst

„Sie wollen mich umbringen!“
Wieder einige Tage später erschrickt Justine fürchterlich. Jemand hat eine menschliche Silhouette aus Stroh nachgeformt und mit einem Pulli und einer Hose bekleidet. Diese Puppe hat man an ihrem Tor aufgehangen und symbolisch einen Pfeil in den nachgeahmten Brustkorb gerammt. Justine hatte nichts gehört, *sie müssen sich entweder nachts angeschlichen haben oder in der Morgendämmerung.* Ihr schaudert es, als sie daran denkt, wer hier unbemerkt herumschleicht. Justine bekommt es nun richtig mit der Angst zu tun.

Das ist jetzt also die Antwort von Dr. Marone? Diesmal wählt sie sofort die Nummer der Polizei, denn sie fürchtet um ihr Leben.

Warten. Warten. Nochmal warten.

Kurz bevor Justine nochmal bei der Polizeidienststelle anrufen will, biegt endlich ein Streifenwagen um die Ecke. Die beiden Polizeibeamten nehmen die Strohpuppe ab und trösten Justine mit den Worten: „Da hat sich aber jemand einen ganz makabren Scherz mit Ihnen erlaubt. Lassen Sie sich nicht ins Bockshorn jagen.“

„Ich möchte eine Anzeige aufgeben.“

„Wissen Sie denn, wer Ihnen diesen Streich gespielt hat?“

„Das war bestimmt der Investor, der hier ein Hotel bauen will. Besser gesagt sein Handlanger. Der Makler Herr Balc."

„Haben Sie dafür Beweise? Das ist eine schwere Anschuldigung, Frau Argon."

„Der Makler war mehrfach hier und möchte mich nach wie vor unbedingt zu einem Verkauf des Grundstücks überreden. Erst schickt er Blumen und macht mir Avancen, dann lockt er mich mit einer Wohnung und nachdem das alles nicht geklappt hat, möchte er mir Angst einjagen."

„Blumen und ein Wohnungsangebot stellen noch keinen Verstoß gegen das Gesetz dar. Das hier kann auch nur ein dummer Jungenstreich sein, eine Mutprobe vielleicht?"

„Das glauben Sie doch selbst nicht, hier so weit draußen. Es liegt doch auf der Hand, was hier gespielt wird!"

Der andere Polizist zückt seine Visitenkarte.

„Hier, nehmen Sie die Karte. Wenn wieder etwas ist, rufen Sie uns wieder an."

Nach diesem letzten Vorfall ist nichts mehr so, wie es war. Justine hat erkannt, dass man sie hier um jeden Preis loswerden will. *Selbst vor einer solchen Drohung schreckt er also nicht zurück, diese schmierige Marionette Balc.*

Sie bastelt sich einen Gürtel aus einem festen Jute-Stoff und trägt ab jetzt immer das Jagdmesser bei sich, auch nachts. Doch die Angst ist allgegenwärtig. Jeder Versuch, die zu verdrängen, ist nur von kurzer Dauer. Sie schläft kaum noch durch und erwacht bei jedem noch so kleinen Geräusch. Wenn alles leise ist, hört sie das Surren der Fleischmücken und hat fürchterliche Alpträume. Sie sieht sich auf dem Scheiterhaufen verbrennen und alle um sie herum lachen fröhlich dabei. Manchmal liegt sie dann stundenlang wach, in der Erwartung, jemanden ins Haus kommen zu hören. Irgendwann schläft sie gar nicht mehr nachts, sondern nickt nur noch tagsüber für wenige Stunden ein. Sie liest viele anspruchsvolle literarischen Werke, um ihren Gedanken andere Inhalte zu geben. „Die Unbeholfenen“ von Botho Strauß, „Der menschliche Makel“ von Philipp Roth und „Elementarteilchen“ von Houellebecq. Diese Literatur fühlt sich für Justine an, als wäre sie nicht allein. Als könne sie an einem Tisch mit jemandem sitzen und Thesen aufstellen, hinterfragen und debattieren, wenngleich gar niemand da ist. *Es ist, als würde ich mit mir allein ein Spiel spielen, das man normalerweise zu viert oder sechst spielt.*

In die Stadt fährt sie nur noch selten, da sie das seltsame Gefühl hat, dass die Leute sie meiden und hinter ihrem Rücken über die tuscheln. *Das bildest du dir nur ein.* Dennoch. Die Tage der Angst lähmen sie, rauben ihr die Energie und wollen nicht vorüber gehen. Obwohl draußen herrlich die Sonne scheint und die Vögel zwitschern, kann sie sich daran nicht mehr erfreuen. Die Angst überschattet alles.

Über das, was so in der Welt passiert, erfährt Justine nur noch durch die Nachrichten im Radio. Meistens drückt sie jedoch weiter, weil es sie gar nicht mehr interessiert. Als die Batterien leer sind, bleibt auch das Radio stumm.

Sie nutzt ihre stabilen Phasen, um alles für den nahenden Winter vorzubereiten und sich mit den noch ungewohnten Abläufen im Haus vertraut zu machen. Die Temperaturen sind angenehm mild, sodass Justine viel auf ihrem Grundstück arbeitet. Da es eine Weile trocken geblieben ist, sammelt sie große Mengen an Altholz, das sie unter der Pergola ausbreitet. Sie arbeitet bis zur körperlichen Erschöpfung und ernährt sich von den Vorräten von Tante Vally. Sie betet und spricht zu Valerie und zu ihrer Mutter.

In den Nächten schreibt sie an ihrem Buch, um wach zu bleiben. Als das Erste beendet ist, beginnt sie direkt mit dem Nächsten. Sie schreibt nur für sich alleine. Diese Beschäftigung hilft ihr neben dem Lesen, nicht ganz den Verstand zu verlieren. In ihren Geschichten, da nimmt sie noch am Leben teil. Wenn ihr die Kraft zum Schreiben fehlt, dann liest sie wieder.

Justine verbraucht aktuell kein Geld, da sie weder ausgeht, noch groß etwas einkauft. Für die laufenden Kosten sind Daueraufträge eingerichtet, im Haus hat sie etwas Bargeld deponiert. Ihr einziger regelmäßiger Kontakt ist der mit der Eierfrau. Eine ältere Dame namens Marie fährt mit einem Bus die Höfe ab und verkauft die Eier von, wie sie es nennt, „den glücklichsten Hühnern der Welt.“ Die Eier sind teurer, dafür dürfen die Hühner frei herumlaufen. Die Dame bedankt sich stets für den Euro Trinkgeld und schenkt Justine im Gegenzug drei Karamellbonbons.

Und dann ist da noch die Taube. Eines Tages war sie gegen die Fensterscheibe im Wohnzimmer geflogen, als Justine gerade im Sessel saß und gelesen hat. Justine hatte sich gerade ein neues Buch gegriffen und war darüber verwundert, warum das Buch einen weiteren Einband um den Einband herum hatte. Der Rums an der Scheibe hatte sie so sehr erschreckt, dass sie das Buch fallen ließ. Sie dachte, es würde jemand an ihre Scheibe schlagen, der nach ihrem Leben trachtete und rannte sofort nach oben, um das Jagdmesser zu holen. *Wie nachlässig von dir, es zu vergessen. Das kann dich Dein Leben kosten,* hatte sie sich gemahnt. Doch es war niemand zu sehen. Als sie die Terrassentür öffnete, saß da ein grau weißes Federbündel auf dem Boden. Eine Ringeltaube. *Tot?*

Justine nahm sich ein Tuch aus der Küche und hob die Taube behutsam auf, um sie zu untersuchen. *Sie lebt. Die Flügel scheinen in Takt, sie würde sich sicher schnell erholen.* Justine machte ihr ein Schälchen mit Wasser zurecht und streute einige Bucheckern und Maiskörnern.
Dann stellte sie das Buch wieder zurück und beobachtete dann die Taube stundenlang.

„Endlich ..." atmete sie auf, als die Taube sich stärkte. Sie war keine gewöhnlich gezeichnete Ringeltaube. In ihrem Federkleid waren ganz viele weiße Federn. Justine richtete ihr einen Karton mit dem Tuch ein und schloss die Tür. Am nächsten Morgen war die Taube verschwunden und Justine betete, dass der Fuchs sie nicht geholt hat.
Obwohl es nach der aufgehängten Strohpuppe keinen weiteren Vorfall mehr gab, ist Justine nun kurz davor, das Projekt als gescheitert zu anzusehen, alles hier wieder abzubrechen und irgendwo in eine Stadt zu ziehen. Da sich

der Gedanke mehr und mehr manifestiert, wählt sie die Nummer von Tom.

„Hallo Tom“

„Hey, Tini, schön, mal wieder von dir zu hören. Wie geht es dir?“

„Ach ... hier im Haus ist alles gut. Du, ich habe dir doch von dem Investor und dem Makler erzählt. Ich werde bedroht.“

Justine erzählt eine Weile von den Geschehnissen.

„Die versuchen dich bloß einzuschüchtern.“ *Das sagt sich so leicht, wenn man es nicht am eigenen Leib aushalten muss.*

„Du wolltest mich doch die ganze Zeit mal hier besuchen kommen, hast aber keine meiner Einladungen angenommen. Ich habe dir die freie Wahl gelassen, wann du kommen möchtest. Doch jetzt wäre es mir wohler, nicht allein zu sein.“

„Hm ... was ist denn mit diesem Peter?“

„Peter hatte eine Operation und muss auf Reha.“

„Tini, ich weiß jetzt gar nicht, wie ich es dir sagen soll. Das schiebe ich schon ein paar Wochen vor mir her. Weißt du, ich habe jemanden kennengelernt. Wir verreisen übermorgen für ein paar Tage Richtung Süden.“

„Oh, Tom. Das freut mich für dich!“ Und Justine freute sich aufrichtig. *Wo bleibt der Schmerz über diese Nachricht?* „Na gut, dann schaue ich mal, wie ich mir die Typen vom Hals halte. Euch wünsche ich eine schöne Auszeit. Darf ich mich wieder melden, wenn nochmal etwas ist?“

„Du kannst mich immer anrufen, Tini. Daran ändert sich nichts. Und wenn du dich zu sehr fürchtest, nimm dir ein Hotelzimmer. Ich übernehm auch die Kosten."

„Danke, das ist lieb. Mal schauen, wie es weiter geht und auf bald."

„Halt die Ohren steif, Tini. Du lässt dich nicht vertreiben, hörst du! Dann hätten die ja bekommen, was sie wollten."

„Da hast du recht… also, mach's gut."

Leere. Nicht aus Eifersucht, sondern viel mehr, weil nun auch dieser Kontakt eingebrochen war. Und die Erkenntnis, hier nicht mehr weg zu wollen.

Sie liest Valeries ersten Brief noch einige Male. Tante Vally hatte sich Justine hier glücklich vorgestellt. Wenn Valerie sie jetzt hier sehen könnte, wäre sie sicher sehr traurig.

Und wieder dieser Satz: „Bagger würden nicht nur dieses Haus zerstören?" Was meint Valerie damit? Doch an Investoren würde ich ja sowieso nicht verkaufen. Ich müsste einen Käufer mit Herz finden. Gerade, als sie den Gedanken fasst, eine entsprechende Anzeige für die Zeitung zu formulieren, klingelt es draußen am Tor. Die gusseiserne Glocke gibt einen so satten Klang ab, der auf dem gesamten Anwesen zu hören ist. Justines Herz schlägt gerade lauter als die Kirchenglocken von Klingenberg. Sie prüft, ob sie ihr Messer griffbereit hat, und öffnet die Haustür nur einen winzigen Spalt, um das Tor sehen zu können. Dort stehen zwei Männer in schwarz gekleidet, beide tragen als Kopfbedeckung einen Hut. Sie schließt die

Haustür sofort wieder, da klingelt es nochmal. *Die sehen ja aus wie der Richter und sein Henker höchst persönlich.*

„Was wollen Sie von mir?“, ruft Justine aus dem Haus heraus, ohne die Tür zu öffnen.

„Bitte, wir möchten nur kurz mit Ihnen reden, Madame“, ruft einer der beiden Herren. Seine Stimme klingt ruhig und sachlich. Sie öffnet nochmal vorsichtig einen Spalt breit, sodass sie mit einem Auge die beiden Herren beobachten kann.

Irgendetwas stimmt mit den beiden nicht. Es ist Spätsommer und viel zu warm für Hüte. Beide sind gleich groß, als seien sie Zwillinge. Bedrohlich wirkten sie nur auf den ersten Moment, das macht auch die schwarze Kleidung. *Eigentlich sehen sie friedfertig aus. Ich habe eine ganz gute Menschenkenntnis, wobei ich auch noch niemanden getroffen habe, der das nicht von sich behaupten würde.* Justine öffnet die Tür und tritt auf den Absatz heraus. Die Herren verhalten sich sehr ruhig, sodass sie sich traut, ein paar Schritte auf die beiden Männer zuzugehen. Eine Hand umgreift das Messer. Einer schaut eher missmutig drein, der andere ein wenig reserviert.

Letzterer spricht ganz aufgeräumt und höflich.

„Darf ich vorstellen, mein Name ist Phobos, und dass hier, das ist mein Begleiter Herr Deimos.“

Der gut gekleidete Mann zeigt mit der Hand auf den ebenso gut gekleideten Herrn neben ihm, in der anderen Hand hält er einen kleinen Reisekoffer.

„Wir sind gekommen, um nach einer Bleibe für die Nacht anzufragen. Ihre Tante hat uns die beiden Gästezimmer im

Erdgeschoss und im ersten Stock zur Verfügung gestellt, wenn wir auf unserer Durchreise mal hier vorbeikamen. Und heute ist es wieder so weit."

Justine wird hellhörig. *Kennen Sie tatsächlich die Räumlichkeiten? Das ist bestimmt eine Falle.*

„Meine Tante ist bereits verstorben und ich vermiete keine Zimmer an Fremde. Wenn das eine billige Masche sein soll, um ins Haus zu kommen, vergessen Sie's. Ich verkaufe nicht!

„Unser aufrichtiges Beileid zum Tod Ihrer Tante."

„Das können Sie sich sparen, Ihnen geht's doch nur ums Geld. Wer hat Sie geschickt? Dr. Marone, hab ich recht?"

„Wir kennen keinen Dr. Marone, Madame. Wir sind lediglich auf der Durchreise."

„Strapazieren Sie meine wertvolle Zeit bitte nicht länger, ich koche gerade Marmelade ein. Mir brennt sonst alles an."

Der grimmig dreinschauende Mann murmelt etwas zu seinem Begleiter und dreht sich um und geht. *Hat er etwas von Hotel gesagt?*

„Herr Deimos wird in der Stadt nach einem Hotel für uns schauen", erklärt dieser Herr Phobos, als könne er Gedanken lesen. „Ich möchte noch einen Moment bleiben und mich Ihnen erklären, denn ich fürchte, wir haben Sie jetzt ein wenig verstört."

„Nun verschwinden Sie bitte". Justine eilt zurück zum Haus und verschließt die Tür. *Was ist das hier nur für ein verfluchter Ort?!*

Herr Phobos steht am Tor und blickt Justine regungslos nach. Während Sie in der Küche den Topf von der heißen Platte zieht, geht ein starker Impuls durch ihren Körper. Die Augen von diesem Herrn Phobos haben sie so seltsam eindringlich und zugleich sanft abwartend angesehen. An ihm war nichts böse oder schlecht, das hat sie gespürt. Sie eilt in den Flur, um einen der Sprüche nochmal zu lesen, die Tante Vally dort eingerahmt hatte. Dieser Satz ging ihr vom ersten Tag an nicht mehr aus dem Kopf.

„Wo man der Angst die Tür verschließt, dort klopft sie immer wieder an."

Partout ou vous fermez la porte a le peur, la elle frappe encore et encore.

Justine erkennt, dass der Spruch von Valerie signiert war, wahrscheinlich stammt er aus ihrer Feder.
Herr Phobos sollte bleiben! Der Gedanke fährt wie ein Blitz in ihren Kopf. *Dann bin ich wenigsten mit meiner Angst nicht mehr allein.*
Mit einem Ruck reißt Justine die Tür auf und vergisst, dass sie diese wieder zugesperrt hatte. Sie dreht mit zittrigen Händen den Schlüssel im Schloss um und springt hinaus auf das Treppenpodest. Herr Phobos hatte noch gewartet und war gerade in diesem Moment dabei, sich abzuwenden und zu gehen, als Justine „Warten Sie ..." ruft.

Sie läuft zum Tor und sperrt dem eleganten Herrn auf. Als sie direkt vor ihm steht, fällt ihr erst auf, wie groß er ist.

Eine imposante Erscheinung mit hohen Wangenknochen, einem markanten Gesicht, schmalen, leicht angegrauten Koteletten und felsgrauen Augen. Eine Weile blicken sie sich schweigend an, dann tritt Justine zur Seite und bittet ihn herein.

„Mein Name ist Justine Argon, ich bin eine entfernte Nichte von Tante Valerie“, stellt sie sich vor.

„Sehr erfreut“, antwortet der schwarze Mann und verbeugt sich kurz mit einem angedeuteten Handkuss.

19. Der fremde Gast

Herr Phobos nimmt auf der Terrasse Platz und legt seinen Hut ab. Justine hatte sich den Tisch und einen Stuhl nach draußen gestellt, um dort auf einer Unterlage die Marmeladengläser mit der Deckelseite nach unten gedreht, auskühlen zu lassen. Sie mustert sein Haar und wundert sich, dass es überhaupt nicht verschwitzt oder vom Hut zerzaust ist. Irgendwie ist der Mann eigentümlich. *Es wäre sicherer, das Messer weiterhin am Körper zu tragen.* Kurze Zeit denkt sie darüber nach, wie sie ihn wieder loswerden könnte, wenn er ihr unangenehm werden würde.

„Was ist mit ihrem Begleiter, wie hieß er nochmal?", fragt Justine.

„Herr Deimos wird eine andere Bleibe finden, er kennt sich hier gut aus. Machen Sie sich keine Gedanken." Mit einem sanften Nicken beschwichtigt er ihren besorgten Blick, bevor er fortfährt. „Und mir ist es ganz recht, mal einen Abend, ohne ihn unterwegs zu sein. Er ist nicht immer ein ganz so angenehmer Gesprächspartner. Etwas griesgrämig" Er zieht die Augenbrauen hoch. „Sie hingegen scheinen ja eine ganz aufgeweckte Person zu sein."

Dann lässt er seinen Blick über den vollen Tisch schweifen.

„Danke. Kannten Sie Valerie gut?"

„Ich war drei Mal ihr Gast. Das erste Mal, als sie so in Ihrem Alter war. Das letzte Mal kurz vor ihrem Tod.“

„Oh, darüber möchte ich gerne mehr erfahren. Darf ich Ihnen eine Tasse Kaffee und ein Marmeladenbrot anbieten?“

„Sehr gerne, Madame Argon“, bedankt sich der Herr. Während Justine in der Küche hantiert, überlegt sie, wie alt er wohl sein mag. Sie stellt fest, dass sie es gar nicht genau sagen kann. Er könnte Ende fünfzig sein oder auch schon doppelt so alt wie sie. Sie kann es überhaupt nicht einschätzen. Sie setzt sich wieder zurück zu ihm an den Tisch.

„Woher stammen Sie?“, fragt Justine neugierig.

„Aus Griechenland“ antwortet Herr Phobos knapp. „Madame, die Marmelade ist Ihnen wirklich gelungen“, lobt Herr Phobos nach dem ersten Bissen ins Brot und dann schwärmt er: „Woher haben Sie denn das Brot gekauft, das schmeckt köstlich?“

„Das habe ich selbst gebacken!“, strahlt Justine über beide Ohren. Auf einmal ist ihr Leben wieder leicht und beschwingt, die Angst scheint für den Moment verdrängt.

„Wenn Sie möchten, zeige ich Ihnen morgen, wie man es macht“, lädt Justine den Herrn ein. Doch er wiegelt ab.

„Ich werde sehen, wie lange ich bleibe, denn es warten weitere Projekte auf mich.“

Stimmt, denkt sich Justine für sich, *ich weiß ja gar nicht, wie lange er bleiben wird.*

Und als sie wieder zurück in die Küche geht, sagt er leise vor sich hin: „Wie lange ich bleibe, das liegt ganz an Ihnen, Miss Argon.“ Sie kann seine letzten Worte nicht mehr hören, da sie bereits dabei ist, die neuen Einmachgläser zum Abfüllen aufzuschrauben. Während Justine die Gläser mit einer halben Schöpfkelle der roten Flüssigkeit befüllt und sie einige Male kippt und dreht, damit sie nicht springen, fragt sie sich, was Herr Phobos wohl beruflich macht. Er wirkt auf sie sehr steif, fast wie erstarrt. Justine vermutet, dass er irgendwie traurig ist. Jedenfalls kann sie in ihm keine echte Lebensfreude erkennen. Vielleicht kann sie ja etwas daran ändern, wenn sie ihm den Garten zeigt und am Abend was Feines kocht.

„Warum drehen Sie die Gläser?"

Justine fährt kurz zusammen, denn sie hat nicht bemerkt, dass er die Küche betreten hat. Es ist ihr unheimlich, dass er so leise ist. Normalerweise wünschte sie sich immer ruhige Menschen um sich, doch er hinterlässt nicht die leisesten Geräusche, es sei denn, er spricht.

„Die Gläser könnten sonst springen, wenn man die heiße Marmelade direkt einfüllt", erklärt sie mit zittriger Stimme.

„Haben Sie Angst vor mir?", fragt Herr Phobos, doch Justine verneint. Da tritt er langsam zurück auf die Terrasse, setzt seinen Hut auf und schreitet zur Tür. *Er erkennt die Lüge*, stellt sie sofort fest.

„Nein, bitte warten Sie", sagt Justine schnell, als sie bemerkt, dass er vorhat, zu gehen. „Ein wenig mulmig ist mir schon zumute. Zugegeben. Doch ich bin froh, dass Sie da sind. Ich habe in den letzten Wochen großen Kummer gehabt und freue mich für den Moment, nicht mehr allein zu sein." Sie rechnet mit einer Frage, was vorgefallen war,

doch er schweigt nur, nickt ihr zu und hängt seinen Hut wieder an die Garderobe. Man merkt ihm an, dass er schonmal der Gast des Hauses war, und sich auskennt, dadurch entspannt sich Justine zusehends.
Den Rest des Nachmittags verbringen sie weitestgehend schweigend.

Herr Phobos liest in einem mitgebrachten Buch und Justine beendet ihre Einkochtätigkeiten. Zum Glück hat sie die Mappe mit den Briefen und dem Rätsel von Valerie wieder im Schrank verstaut, als sie den Tisch nach draußen geschafft hat, denn das geht ihrem Gast nun wirklich nichts an. Sie bemerkt, dass er sie immer wieder beäugt. Einmal schaut sie ganz bewusst hin und hatte erwartet, dass er ertappt wegsieht. Doch er blickt sie ganz ruhig an.

„Erlauben Sie mir bitte die Anmerkung … Sie sind eine bemerkenswerte Frau“, sagt er. Justine weiß nicht, wie er darauf kommt und wie sie damit umgehen soll. Komplimente sind schön, machen sie jedoch immer auch ein wenig misstrauisch. Nachdem die Pause des Nachdenkens bereits viel zu lange geworden ist, erwidert sie nichts.

„Es ist bald Zeit zum Abendessen. Haben Sie Hunger?“, fragt sie stattdessen.

„Und wie“, antwortet er überraschend spontan. Justine freut sich darüber und bittet ihn, ihr in den Garten zu folgen.
Sie zeigt ihm alles und plappert einfach so drauf los.

„Dieser Kirschbaum hier, der ist noch aus Hamburg. Ich habe ihn im Zug mitgetragen und hier eingepflanzt. Er wäre wohl irgendwann im Biomüll gelandet und das konnte ich nicht zulassen. Der Baum hat Wurzeln und will hoch hinaus wachsen und süße Früchte tragen. Ich weiß am eigenen Leib, wie es sich anfühlt, wenn man einem die Wurzeln nimmt.“ Er lauscht aufmerksam ihren Worten und lächelt bloß hin und wieder.

„In den großen Kübeln werde ich das Laub der Nussbäume sammeln, da ich mir im Frühjahr unbedingt einige Hühner zulegen möchte. Den Tipp hatte mir Tante Vally noch notiert. Daneben lagere ich die Walnüsse für den Winter. Und hier habe ich bereits einige Beete für den Frühling vorbereitet. Über den Winter bleibt mir neben dem verschiedenen Kohl, den Meerrettichwurzeln und der Topinamburknollen leider nicht allzu viel zur Ernte. Frischen Knoblauch und einige Zwiebeln habe ich jetzt schon fürs kommende Jahr gesteckt. Künftig werde ich alles so bewirtschaften, dass ich das ganze Jahr etwas davon verwenden kann. Tante Vally war so lieb, und hat mir für diesen Winter schon ganz viel Gemüse eingelegt.“.

„Im Sandsteinkeller, nicht wahr.“ Justine staunt und nickt. *Er kennt sogar den Keller? Ob er wohl eine Liebelei von Tante Vally war? Nein, dafür ist er definitiv noch zu jung.*

„Darf ich wählen?“, fragt Herr Phobos mit geneigtem Kopf. Justine reicht dem Gast das Messer, damit er sich einen der Kürbisse abschneiden kann. Als er das Messer in die Hand nimmt, hält sie kurz den Atem an. *Wenn er Böses im Sinn hat, dann ist das jetzt eine Steilvorlage.* Er mustert ihr Gesicht, als könne er Gedanken lesen und ergreift kurz ihre Hand und drückt sie sanft. Rasch sagt sie: „Der Kürbis ist reif, wenn er beim Klopfen an die Schale hohl klingt und die Schale richtig fest ist."

Er bückt sich, klopft drei Kürbisse ab und schneidet schließlich einen wohlgeformten mittelgroßen Hokkaido ab. Er legt ihn Justine in den Korb, reicht ihr das Messer und nimmt ihr ganz gentlemanlike den Korb ab. Da steht sie mitten im Gemüsegarten und hat für einen Moment das warme Gefühl, sorgenfrei zu sein.

„Ich habe Wildmirabellen getrocknet. Wenn Sie nichts dagegen haben, dann ..."

Er schüttelt den Kopf und sagt: „Zaubern Sie etwas Schönes, ich bin mir sicher, es wird mir schmecken."

Justine ist ein wenig aufgeregt, da sie ewig schon nicht mehr für einen Fremden gekocht hat. Sie schneidet rasch noch einen Zweig Rosmarin ab.

„Riechen Sie mal, wie gut das duftet ...", schwärmt sie, als sie ihm einige Nadeln unter seine aristokratische Nase hält. *Woher kommt diese unerwartete Nähe?*

Als hätte sie nie etwas anderes gemacht, erntet sie Zwiebeln, sticht mit dem Spaten ein gutes Pfund kleine Kartoffeln und zum Schluss noch eine Hand voll von den Topinambur-Knollen.

„Zum Glück sind die Knollen schon so weit ... Ich war mir nicht sicher." Am Brunnen wäscht sie alles gründlich ab, dann gehen sie ins Haus.

„Ah, ich habe die Pilze vergessen!", ruft Justine und stürmt nochmal nach draußen. Der Mann lächelt belustigt über ihr Temperament. Zurück in der Küche wirft sie sich eine von Tante Valeries zahlreichen Schürzen über. Herr Phobos knotet ihr vorsichtig eine Schleife in Nacken und

Taille. Der Kittel ist grau-weiß gestreift und mit einer Rose auf dem Dekolleté bestickt. Justine steckt sich eine Klammer in die blonden Wuschelhaare, damit sie ihr beim Kochen nicht in die Stirn fallen. Dann wäscht sie sich gründlich mit der Kernseife die Hände. Herr Phobos beobachtet jeden Einzelnen ihrer Handgriffe sehr genau.

„Trinken Sie einen Wein mit mir?“, fragt sie etwas verlegen und ergänzt: „Die besten Gerichte entstehen ja bekanntlich, wenn man den Wein für die Sauce schon mal vorab probiert.“

„Gerne, welchen Wein darf ich bringen?“, fragt er höflich.

„Ein Spätburgunder würde gut passen.“, schlägt sie vor.

Wenige Minuten später hört sie, wie er die Flasche entkorkt und zwei Rotweinkelche aus der Anrichte nimmt. Er schenkt ein und schwenkt kurz die Gläser, um den Wein zu lüften. So kann sich die Aromen Vielfalt am besten entfalten. *Anscheinend kennt er sich mit Wein aus.*

„Bitte schön.“ Herr Phobos reicht Justine den Kelch und sie riecht mit geschlossenen Augen den Duft von roten Beeren gepaart mit einer warmen, erdigen Note.

„Vielen Dank und zum Wohl.“

„A votre Santé, Madame.“

Fast hätte sie ihm angeboten, dass er sie ruhig beim Vornamen nennen kann, doch dann lässt sie es doch lieber sein. Schließlich kenne ich diesen Mann gar nicht und normalerweise muss dieses Angebot ja vom Älteren kommen. Und das ist unverkennbar er.

„Was geht gerade in Ihnen vor, Madame Argon?“, will er wissen.

„Ich bin im Kopf gerade das Rezept durchgegangen, das ich mir in der letzten Stunde für Sie ausgedacht habe“, schwindelt sie rasch und werkelt geschäftig weiter. Herr Phobos zieht sich auf seinen Beobachtungsposten am Tisch zurück und schweigt.

Justine wetzt mit geübtem Schwung das Jagdmesser und schneidet dann den Kürbis mit Schale in schmalen Sicheln herunter. Sie kostet eine kleine Ecke, um festzustellen, wie er schmeckt. Bittere oder faulige Kürbisse sortiert sie immer sofort aus, da diese sogar giftig sein können.

„Wenn man Ihnen so zusieht, könnte man meinen, sie leben schon immer hier.“

„Ach, sie übertreiben, Herr Phobos. Bin gerade dabei, mich mit allem zu arrangieren. Aber vielen Dank. Es ist schön, das zu hören.“ Sie seufzt. „Ich bin die meiste Zeit alleine und habe kaum mehr Menschen um mich, die mir sagen, ob ich gerade etwas gut oder schlecht mache. Wenn man aus einer von Bewertungen und Fremdurteilen geprägten Gesellschaft kommt, gerät man doch ganz schön ins Schwimmen.“ Während sie spricht, drapiert Justine alle Spalten fein säuberlich auf dem Backblech und würzt sie.

„Oh Mist, der Ofen ist ja noch aus!“

Auch nach den vielen Wochen ohne Strom hat sie sich daran noch nicht so ganz gewöhnt. Rasch richtet sie sich ein Zündnest an. Zwei Schläge mit dem Stahl und der Zunder brennt lichterloh. Sie bugsiert das Feuernest in die

Brennkammer und legt zwei Scheite Holz nach. Im nächsten Schritt löst sie die getrockneten Wildmirabellen vom Blech und kostet eine.

„Mhhh, richtig schön süß“, schwärmt sie und stellt zwei Töpfe und eine Pfanne auf. Dann angelt sie nach dem Knoblauch, doch ohne Hocker kommt sie nicht dran. Herr Phobos steht auf und schneidet mit dem Jagdmesser eine Knolle ab. Als er sie in ihre Hand legt, bemerkt Justine, dass er ganz kalte Hände hat. Sie umgreift beide Hände und sagt: „Das kenne ich sonst nur von mir, das mit den kalten Händen. Ich mache uns rasch den Kamin an.“

Nachdem sie die Kartoffeln und die Topinambur geschält hat, gibt sie zuerst die Erdäpfel und dann die weißen Knollen in das gesalzene Wasser hinein. Sie reicht Herrn Phobos ein Stück von der frischen Topinambur und stopft sich auch eine etwas zu große Ecke in den Mund und wirbelt fortan mit einer dicken Backe durch die Küche. Im Korb liegen noch die Zwiebeln, die sie innerhalb von wenigen Sekunden geschält hat und grob viertelt. Die Pfanne auf dem Herd hat bereits ordentlich Hitze bekommen. Als sie die Zwiebelspalten hineingibt, zischt es ordentlich. Sie lässt die Zwiebeln leicht braun anbrennen, um Röstaromen zu erzeugen. Jetzt sind die Birkenpilze dran. Sie entfernt die Stiele, wäscht die Kappen und brät sie ebenfalls scharf in etwas Pflanzenöl an. Dann gibt sie den Knoblauch hinterher, der nur kurz geschwenkt wird.

„Das Braten von Pilzen gelingt am besten, wenn man die Pfanne zunächst nicht schwenkt, sondern alles gut anbraten lässt, bevor man sie wendet. Das Schwenken der Pfanne würde dazu führen, dass man die aus den Pilzen

verdunstende Feuchtigkeit wieder einfängt und sie so immer etwas glitschig bleiben“, plaudert sie vor sich hin.
Als alles so weit ist, nimmt sie die braunen Kappen heraus und löscht die heiße Pfanne mit einer halben Flasche vom Rotwein ab. Es dampft gewaltig und in der Küche macht sich ein aromatischer Duft breit. Im Augenwinkel sieht sie, wie ihr Gast mit geschlossenen Augen die Nase nach oben reckt und schnuppert. Sie schmunzelt. Nachdem die Sauce bereits leicht eingedickt ist, gibt sie etwas von den rot-gelben Mirabellen dazu, dann in einem Gewürzsieb etwas Wacholder und den Rosmarinzweig.

Aus dem Gewürzladen in der Stadt hat sie pfefferähnliche „Paradieskörner“ geholt, doch die will sie dann erst zum Anrichten frisch zerstoßen. Sie greift nach den bestickten Kochlappen von Tante Valerie und zieht das Blech vorsichtig aus dem Ofen.

„Das sieht ja schon mal ganz gut aus“, atmet Justine auf. Sie beträufelt die Kürbisscheiben nochmal mit etwas Rapsöl und gibt einige Salzflocken darüber. Dann geht alles nochmal ab in den Ofen.
Als die Knollen so weit sind, schüttet sie das Wasser ab und gibt einen Schluck von dem Pflanzenfett und der Hafermilch dazu. Mit dem Stampfer schlägt sie ein halbcremiges Püree. Was folgt, ist etwas Muskatnuss und Salz. Für die frische Note reibt sie noch ein Stück Meerrettich-Wurzel ins Püree.

Justine holt zwei große Teller aus dem Küchenschrank und stellt sie auf den noch warmen Herd, um die Platten anzuwärmen, damit das Essen nach dem Servieren länger warm bleibt. Danach sucht sie sich große, weiße Stoffservietten aus dem Schrank heraus und zwei silberne Serviettenringel. Für den Herrn wählt sie kurzerhand das Efeublatt, sie selbst nimmt die Taube. Als der Tisch eingedeckt ist und sie sich ans Anrichten macht, greift der Gast zu seinem Kringel und streicht mit dem Finger darüber.

„Das gleiche Symbol hatte Ihre Tante auch für mich ausgewählt“, stellt er fest. „Und die Taube, das war stets ihr Symbol.“

Justine bleibt wie versteinert stehen, als die Worte des Herrn Phobos in ihrem Gehirn eintreffen und sie versteht, was er da gerade gesagt hat. *Aus einer Sammlung von weit mehr als zehn Ringeln greift sie genau diese heraus?* Sie starrt sekundenlang auf die leeren Teller. Dann dreht sie sich um.

„Das gibt’s doch nicht.“

Er lacht und erwidert darauf: „Es gibt Sachen, die gibt es gar nicht, Madame Argon.“

Später berichtet er ihr, warum Tante Valerie dem Efeu so zugetan war. Sie mochte das Symbol sehr, denn für sie stand das Efeublatt für Beharrlichkeit. Efeu kann bis zu zweihundert Jahre alt werden und nahezu überall hochranken. Mit den starken Wurzeln und Zweigen hat Efeu eine enorme Kraft und ist zudem noch eine wichtige Arzneipflanze.

„Und die Taube?“, fragt Justine.

„Die steht bekanntlich für den Frieden. Und wussten Sie, dass Aphrodite, die Göttin der Liebe, aus einem Ei schlüpfte, das von einer Taube ausgebrütet wurde?“

20. Gemeinsam

Justine hat den Stampf sorgsam auf den Tellern in halbgroßen Servierringen angerichtet und jede einzelne Kürbisspalte hübsch platziert. Jetzt gibt sie mit der Kelle von der heißen Rotweinsauce mit dazu. Mit dem Löffel pickt sie einige Zwiebelspalten und Mirabellen einzeln heraus und verteilt sie rund ums Püree. Bevor sie den Servierring abnimmt, bekommt das Püree noch eine Flocke vom Pflanzenfett, die sofort schmilzt. Fürs Auge garniert sie den Stampf jeweils mit der Blüte einer kräftig orangefarbenen Ringelblume und den langen Halmen vom Schnittlauch, die quer darüber gelegt werden.

„Und jetzt gibt's noch eine Spezialmischung, dann kanns losgehen mit dem Essen", teilt Justine ihrem Gast mit, während sie einige wenige Paradieskörner mit besonderen Wildkräutersamen grob im Mörser zerreibt. Herr Phobos holt eine weitere Flasche Spätburgunder, da der Großteil der ersten Flasche für die Soße aufgebraucht wurde.

„Es duftet ganz wunderbar, das ist wirklich Natur pur. Ich rieche den Wald förmlich."

Justine vergisst es beinahe, selbst davon zu essen, so sehr interessieren sie die Eindrücke ihres Gasts. Sie hängt an seinen Lippen, als er Gabel für Gabel zu sich nimmt. Als sie endlich selbst kostet, ist sie ebenfalls ganz angetan, was sie da so spontan kreiert hat.

„Ich verzichte in der Regel auf Fleisch.“

„Sie sind eine wahre Künstlerin, Madame Argon. Mir fehlt hier rein gar nichts an diesem Gericht. Ihre Tante war schon eine sehr feine Köchin, doch hier möchte ich mich vor Ihnen verneigen“, spricht er und beugt sich mit der Hand aufs Herz nach vorne. „Darf ich fragen, was diese letzte geheime Zutat ist, die sie im Mörser hatten? Das war nicht nur das Pfefferartige alleine?“

Mein Gast hat erstaunlich feine Sinne.

„Das sind getrocknete Giersch-Samen. Ich habe sie vor gut einem Monat gesammelt und in der Sonne getrocknet. Das habe ich aus einem der Bücher von Hildegard von Bingen gelesen und gleich ausprobiert. Hier gibt es überall so viel Giersch. Meine Samen reichen auf jeden Fall bis ins nächste Frühjahr. Dann werde ich die Blätter wieder frisch ernten und wie Spinat oder im Salat essen.“

„Wie lange leben Sie nun schon hier?“, fragt er, nachdem Justine abgeräumt hat und nun wieder neben ihm sitzt. Er wollte ihr helfen, doch sie bat ihn, sitzen zu bleiben.

„Fast zwei Monate“, antwortet Justine.

„Es ist nicht gerade üblich, dass eine junge Frau wie Sie in ein Haus dieses Alters einzieht. Und Ihnen fehlt hier nichts?“, möchte er wissen.

„Wissen Sie, ich bin aus Hamburg weggezogen, weil ich dort fremd war. Fremd im eigenen Leben. Das Angebot von Tante Valerie kam zur rechten Zeit. Ich hing an kaum etwas aus meinem alten Leben, sodass ein Neuanfang für mich kein Problem war.“

Der Herr hebt kurz die Hand und Justine schweigt.

„Was bedrückt Sie? Sprechen Sie drüber, wenn Sie mögen. Es wird Ihnen guttun." Justine zögert. *Nein.* Sie denkt kurz an Uschi. *Wenn wir miteinander warm werden sollen, dann wird es auch so kommen. Ganz ohne Eile.*

Siewechselt das Thema

„Ich möchte mal wieder tanzen."

„Dann lassen Sie uns tanzen."

Justine beugt sich weit nach hinten und reißt die Augen groß auf.

„Sie können tanzen?"

„Ich habe nicht gesagt, dass ich es kann, doch ich würde es Ihnen zuliebe einmal versuchen."

Justine schaltet das Radio an, während durch ihren Körper eine Welle der Rührung schwappt. Das Gerät bleibt stumm.

„Och schade, ich habe keine Batterien mehr gekauft. Na, dann ein andermal."

Herr Phobos bleibt nun doch noch eine kleine Weile. Justine gesteht sich ein, wie sehr sie sich darüber freut. Sie richtet ein leckeres Frühstück an, pflückt frische Blumen, sammelt Brennholz und stapelt es zum Trocknen unter der Plane auf. In einigen Monaten wird sie es mit Säge und Axt zu passenden Scheiten verarbeiten und schichten. Ihr Gast begleitet sie meist wie ein Schatten, verhält sich ruhig und stört nicht. Wenn Justine eine Pause einlegt oder Essen zubereitet, dann sitzen die beiden beisammen und plaudern, oft schweigen sie auch nur.

In ihrem früheren Leben waren ganz andere Dinge wichtig als jetzt. Nun braucht sie keine schicke Kleidung mehr für wichtige Kundentermine zurechtlegen, kauft kein Make-up mehr und musste keine Bonus-Ziele mehr erreichen. Justine erlaubt sich das Gedankenspiel, wie es wäre, wieder in das alte Leben zurückzukehren, und schüttelt den Kopf. *Eine Rückkehr ist nicht mehr möglich und das ist auch gut so.* Keinen Tag möchte sie mehr zurück. Am meisten fehlen ihr die Schreie der Möwen und das bunte Treiben auf dem Markt und auch Uschi. Tom ist in ihren Gedanken weiter nach hinten gerutscht.

Es ist, als hätte das Schicksal ihre Prioritäten neu gesetzt. Sie hat auf einmal das Gefühl, endlich mal für ihre eigenen Werte und Bedürfnisse einstehen zu können. Justine ist ausgestiegen, aus dieser ruhelosen Hast nach Anerkennung. Und dank der Anwesenheit von Herrn Phobos ist diese lähmende Angst für sie umgänglicher geworden. Sie hat ihm auch davon erzählt. Er konnte natürlich nichts ausrichten, lauschte aber aufmerksam. *Manchmal genügt es schon, wenn jemand einfach nur zuhört, auch wenn er selbst keine Lösung hat.*

„Herr Phobos ... ich habe mir etwas überlegt. Ich möchte mit ihnen in die Stadt", verkündet Justine überzeugt. „Ich war schon länger nicht mehr dort, weil ich das Gefühl habe, dass man über mich tuschelt. Doch mit Ihnen, da wäre es mir das egal. Und wir könnten endlich neue Batterien für das Radio kaufen, die Musik fehlt mir. Begleiten Sie mich?"

„Avec plaisir, Madame", stimmt er lächelnd zu.

Nachdem Justine sein Bett im Untergeschoß frisch aufgeschüttelt hat, geht sie nach oben und schlüpft das erste Mal seit ihrer Ankunft im Haus wieder in ein Kleid.

Sie macht sich die Haare zurecht, verzichtet jedoch auf jegliche Schminke. Sie blickt in den Spiegel und lächelt, ihre grünen Augen strahlen wieder. Während sie zwei Spritzer Parfüm aufträgt, ruft sie aus dem Bad nach unten: „Ich bin so weit!"

„Probieren Sie mal das hier", plappert Justine, während sie Herrn Phobos verschiedene Hemden vor die Brust hält. „Oder das vielleicht ... ja, das wird Ihnen stehen." Geduldig probiert der feine Herr ein Hemd nach dem anderen an und präsentiert sich scheu vor Justine. Er ist nach wie vor sehr steif und ein wenig unbeholfen, doch Farbe kleidet ihn ungemein. Justine kennt ihn vom ersten Tag nur ganz in Schwarz, das sollte sich ihrer Meinung nach ändern.

„Ausgezeichnet, Sie sehen richtig lebendig aus, mit einem frischen, jugendlichen Charme und der Weisheit des Alters", schwärmt sie. Die Wahl fällt auf ein in Pastelltönen groß kariertes Hemd der Größe L.

„Ich sehe aus wie ein Kanarienvogel", jammert er belustigt. Justine erkundigt sich bei einer Verkäuferin noch nach einem Hut für ihren Begleiter. Nachdem er drei Hüte aufgesetzt hat und alle zu klein sind, fragt sie nach einer anderen Größe. Die Verkäuferin verneint und so bleibt es nur bei dem Hemd. Herr Phobos schlendert bereits nach draußen, während sie bezahlt. Natürlich wollte er die Rechnung gerne übernehmen, doch Justine blieb hartnäckig.

„Bringen Sie doch das nächste Mal ihren Bekannten mit, dann kann er die Hüte selbst probieren und sehen, was ihm passt." Justine schaut die Frau verständnislos an. Dann schüttelt sie den Kopf und läuft ebenfalls nach

draußen. *Welchen Bekannten sie wohl meint? Dachte sie vielleicht, die Hüte waren für jemand anderen?*
Aus einem offenen Fenster klingt die Musik eines Trompetenensembles. Justine hält ihren Begleiter am Arm, um einen Moment innezuhalten und zu lauschen. Die nächste Station ihrer Shoppingtour ist der kleine Gewürzladen. Als sie den Laden betreten, werden sie freundlich begrüßt.

„Herzlich willkommen, schön, dass Sie den Weg mal wieder zu uns gefunden haben“, sagt der junge Mann hinter der Theke gut gelaunt. Justine führt Herrn Phobos herum und zeigt ihm, welche Gewürze sie bereits ausprobiert hat.
Auf dem Rückweg zum Haus schlendern sie gemeinsam durch die Feuersalamander-Schlucht. Beide halten wachsam nach den kleinen schwarz-gelben Lurchen Ausschau, doch keines der Tiere zeigt sich.
„Das ist ja wieder mal typisch, dass wir garantiert nichts sehen. Der klassische Vorführeffekt!“, bemerkt sie lachend. Dann erklärt stattdessen, dass die Salamander bis zu 30 Jahre alt werden können und sogar in der Lage sind, bei Bedarf ihre Gliedmaßen zu erneuern. Die Sonne scheint. Herr Phobos schließt die Augen, lauscht dem plätschernden Wasser und atmet tief ein und aus.

„Dieses Jahr werden wir mit einem goldenen Oktober verwöhnt.“ Herr Phobos tritt dicht hinter Justine. Als sie ihren Kopf in den Nacken legt, spürt sie seine Schulter, so dicht steht er hinter ihr. Sie schließt ebenfalls die Augen. *Glücklich.*

Am Abend probiert Justine gleich das neue Gewürz mit dem Namen Macis aus. Hierbei handelt es sich um das Netz, das sich um die Muskatnuss herum spannt, auch

Muskatblüte genannt. Dieses Gewürz ist ihr gänzlich unbekannt und so wurde es kurzerhand zum Ausprobieren gekauft. Gewürze sind der einzige Luxus, den sich Justine in diesem sonst so genügsamen, neuen Leben gönnt. Dazu wählt sie einen Zweigelt-Wein aus Großheubach, den sie im Sandsteinkeller entdeckt. Sie liest vor, was auf dem Etikett steht: „Der Wein besitzt einen leicht herben, geschliffenen und angenehm holzwürzigen Duft nach Kirschen und dunklen Beeren … Im großen Holzfass gereift, spontan vergoren, unfiltriert abgefüllt."

„Eine ausgezeichnete Wahl, Madame Argon. Darf ich Ihnen das Du anbieten?"

Justine verschluckt sich am Wein, den sie gerade im Glas geschwenkt und zum Verkosten nach dem Schlürfen im Mund behalten hatte.

„Verzeihung, ich wollte Sie nicht überrumpeln."

„Das macht nichts, natürlich gerne. Justine. Sie dürfen auch gerne Jus zu mir sagen."

„Leopold."

Beide stoßen erleichtert an, ein melodischer Ton der Gläser besiegelt das Aufheben der Förmlichkeit.

„Das neue Hemd steht dir übrigens ausgezeichnet. Du siehst darin viel fröhlicher aus." Leopold erwidert nicht, lächelt nur scheu.

„Wie wird dein Leben nun weitergehen, Jus?" *Wie ungewohnt es klingt, wenn er mich Jus nennt.*

„Hm … gute Frage. Ich weiß es ehrlich gesagt selbst noch nicht. Man will mich hier nicht haben, das habe ich deutlich zu spüren bekommen."

„Täusche dich nicht … einige wenige Menschen wollen hier vielleicht ihr Vorhaben umsetzen und du stehst ihnen dabei im Weg. Doch das hat mit dir als Person nichts zu tun. Es wird noch so viele Menschen geben, deren Leben du bereichern wirst. Du hast diese Gabe."

„Das mag schon sein, doch im Moment möchte ich mich aus der Gesellschaft heraushalten und in Ruhe für mich gesunden."

„Als ich dich heute begleitet habe, ist mir aufgefallen, wie wohlwollend die Menschen auf dich reagiert haben. Nicht einer war voll Argwohn oder Abneigung, ganz im Gegenteil. Vielleicht traust du dich einmal, deine eigene Größe und Wirkung anzunehmen."

Leopold bemerkt, dass Justine immer ausweicht, wenn er ihr konkret eine Frage zu Ihrem Leben stellt, egal, ob über die Vergangenheit oder die Zukunft.

„Tout vient a point, a qui sait attendu." *Alles kommt zu demjenigen, der warten kann.*

„Das hat Tante Vally mir auch geschrieben", bemerkt Justine, bevor sie fragt: „Erzählst du mir von ihr?"

„Was möchtest du wissen?"

„Hm ... alles. Zuerst, was Sie vor Ihrem Tod sagte."

„Was sie sagte oder was sie fühlte? Das sind ganz oft zwei unterschiedliche Dinge. Du bist selbst das beste Beispiel dafür, ich sehe es dir an.". Er macht eine bewusste Pause.

21. Valerie

„Valerie war zu Lebzeiten eine glückliche Frau.“ Justine hat ihnen beiden Hagebuttentee eingeschenkt, jetzt sitzen sie mit einer Decke eingewickelt auf dem Sofa im Lesezimmer. „Ich habe Valerie das erste Mal kennen gelernt, da war sie noch etwas jünger als du. Nach dem Tod ihres Vaters wusste sie nicht, wie sie den Hof und die Weinberge weiter erhalten sollte. Sie hatte große Sorge. Ihr Vater hatte ihr geraten, einen Winzer aus der Region zu heiraten, doch Valerie wollte keinen fremden Mann ehelichen. Valerie erinnert mich in vielen Punkten an dich, denn auch sie mochte das Alleinsein und das Leben mit der Natur.“ Er lächelt Justine zu.

„Und wie ging es dann für Tante Vally weiter?“, fragt Justine neugierig.

„Sie hat dann doch geheiratet, um nicht alles zu verlieren. Die Zeiten damals waren schwierig und Valerie fehlte es an Unterstützung. Anfang der sechziger Jahre war es nicht üblich, dass Frauen alleine ein Gut und Weinberge bewirtschafteten. Es wurde noch die klassisch konservative Rollenverteilung gelebt. Frauen hatten noch lange nicht den emanzipierten Platz in der Gesellschaft, den sie heute haben. Der Mann, den Valerie heiratete, war ein grobschlächtiger Typ. Eine Verbindung aus Liebe war das beiderseits nicht gewesen.“

„Warum hat sie genau ihn ausgesucht?“, wundert sich Justine.

„Die Bündnis war rein zweckmäßig. Ihr Ehemann kannte sich hervorragend mit dem Weinanbau aus und ermöglichte Valerie, das Haus und die Weinberge im Familienbesitz zu erhalten. Zu dem Anwesen gehörte damals noch eine eigene Kelterei, die irgendwann verkauft wurde. Für Valerie war es anfangs ein großes Opfer, sich das Leben mit diesem Mann zu teilen. Doch viele Jahre später sagte sie zu mir, dass nicht alles schlecht gewesen war. Er hätte sie nicht geschlagen, kein böses Wort gegen sie gerichtet und sie die meiste Zeit ganz in Ruhe gelassen. Die Ehe blieb kinderlos und er verstarb früh."

Justine hört schweigsam zu. Sie hatte sich wenige Tage nach ihrer Ankunft lange das Hochzeitsfoto im Flur angesehen. Es zeigte Valerie in einem weißen Brautkleid mit knielangem Tellerrock, wie es für die damalige Zeit üblich war. Die Haare waren in große Locken gelegt und mit einer weißen Blüte zusammengesteckt. Sie hatte einen frischen Strauß Margeriten der Hand und ein schüchternes Lächeln auf den Lippen. Sie sah jugendlich und agil aus, er hingegen stand wie ein unbeweglicher Klotz in einem steifen schwarzen Anzug daneben. Sein Gesicht wirkte teilnahmslos, ihres eher unsicher.

„Nach seinem Tod blühte Valerie auf. Sie war inzwischen erfahren genug, um die Belange der Winzerei selbst zu leiten. Und auch in der Politik setzte man sich mehr und mehr für Frauenrechte ein. Sie veränderte das Haus nach ihren Vorstellungen und den Garten auch. In dem bis dato reinen Nutzgarten legte sie Staudenbeete an und pflanzte Rosenstöcke. Die Weinberge verpachtete sie und handelte dafür eine Erlösbeteiligung aus. Da das Landhaus mit der überdachten Pergola malerisch hübsch ausgesehen hat und geradezu zum Verweilen einlud, organisierte sie gerne Weinverkostungen. Verschiedene Winzer fragten bei ihr an und kamen vorbei, um die Auswahl der Weine mit ihr zu besprechen. Mit ihrem Freund Peter entwarf sie später sogar eigene Wein-Spezialitäten. Valerie bestellte beim Schreiner im Ort lange Sitzbänke und zwei große Tafeln. Zu jeder Rebsorte kreierte sie eine kleine Köstlichkeit, die den Charakter des Weines noch unterstreichen sollte." Beim Erzählen nippt Leopold am Tee und schließt die Augen. „Auf jedem Tisch standen zahlreiche Vasen mit Wiesenblumen. Die Gäste blieben bis weit in die Nacht sitzen oder spazierten durch den Garten. Die Wege waren hell von Fackeln erleuchtet, ein Musik-Duo spielte mit Kontrabass und Gitarre. Wenn es kühler wurde, verteilte Valerie Wolldecken."

„Das klingt alles so wunderbar", flüstert Justine. „Erzähl bitte weiter. Was hat sie zubereitet, hat sie das verraten?"

„Leider nur ein wenig davon. Sie sagte zum Beispiel, dass zum Weißwein als eine erdige Geschmackskomponente gut zu kombinieren sei, um einen Gegenpol zu dieser frischen Leichtigkeit und zur Säure zu bilden. So schälte sie stundenlang Kartoffeln und backte dann ein cremiges Kartoffelgratin im Ofen. Das Gratin war abgeschmeckt mit dem Wein, den es zu verkosten gab. Als Gewürze wählte sie ganz klassisch Muskat, Salz und Pfeffer. Aus den Blechen mit dem Gratin stach sie kreisrunde Taler aus, die sie dann mit Lavendel- und Schnittlauchblüten bestreute und den Gästen als Häppchen zu einem kalten Müller-Thurgau servierte. Davon gab es auch mal ein Bild in der Zeitung. Der Artikel ist sicher hier noch irgendwo zu finden."

„Und hatte Valerie nochmal einen Mann an Ihrer Seite?"

„Es gab zahlreiche Männer, die um ihre Gunst buhlten, doch Valerie hat sich für ein Leben allein entschieden. Der Austausch mit Lieferanten und Gästen genügte ihr. Sonst lebte sie hier mit ihren drei Katzen." *Es ist fast verwunderlich, dass ich gar nicht mit Valerie verwandt bin, obwohl wir so viel gemeinsam haben.*

„Valerie hat mir vor ihrem Tod lange aus ihrem Leben erzählt und sagte schließlich zu mir, dass ihr alle diese schönen Erinnerungen nun die Angst vorm Sterben genommen haben. Wenig später schlief sie für immer ein."

Justine träumt sich zurück in die Zeit, in der Tante Valerie hier Gäste bewirtschaftet hat. Sie sieht diese schöne Frau vor sich, in weißen Leinen gekleidet, die Haare lose mit einer Spange zusammengesteckt ... Sie sieht Valerie, wie sie die Blüten der wilden Möhre und Kornblumen in den kleinen Väschen anrichtet und so eine Atmosphäre schafft. In Justine wächst der Wunsch, auf dem Landhaus auch einmal Gäste zu bewirten. Wenn sie ihre Bücher veröffentlichen würde, könnte Sie zum Beispiel im Rahmen einer Weinverkostung Lesungen halten und auch andere Autoren einladen und sie könnte auch für ihre Gäste kochen oder Gewürze präsentieren.

„Woran denkst du?", fragt Leopold.

„Ach, ich habe nur ein wenig geträumt", erwidert Justine in Gedanken.

22. Der Durchbruch

„Brrrrummmmm, Drrröhhhhnnn, Brrrrummmm …“ Justine schreckt im Bett hoch.

„Was zur Hölle ist das?“ Sie ist ganz verwirrt.

„Leopold!“, ruft sie nach unten. Keine Reaktion. Sie greift nach dem Gürtel mit dem Jagdmesser und schleicht die Stiege hinunter. *Jetzt habe ich doch gerade erst wieder etwas zur Ruhe gefunden.* Als sie die Silhouette von Leopold vor sich sieht, atmet sie auf. Er deutet ihr mit seinem Finger vor ihrem Mund, dass sie leise sein soll und weist mit dem Kopf in Richtung Öllampe. Da alle Holzläden verschlossen sind, kann sie nicht nach draußen schauen. Sie merkt, wie sie am ganzen Körper zittert.

„Meinst du, es ist jemand im Haus?“, flüstert sie.

„Ich weiß es nicht“, zögert er. Und dann beginnt mit einem Mal wieder dieser ohrenbetäubende Lärm.

„Das klingt wie eine Horde wildgewordener Motorradfahrer“, wispert Justine besorgt. Sie löst sich mühsam aus ihrer Schockstarre und geht auf Zehenspitzen zur Tür. Und sie traut ihren Augen kaum, als sie durch einen winzigen Spalt nach draußen blickt. Es ist stockfinstere Nacht, doch sie kann mehrere Scheinwerfer erkennen.

„Jetzt geht es mir an den Kragen“, bringt sie mit hysterischer Stimme hervor. Da stehen zwei oder drei schwere Motorräder und sie hört Männerstimmen reden.

Als sie bemerken, dass Justine an der Tür ist, fangen Sie wieder an, die Motoren aufheulen zu lassen. Dann schreit einer:

„Na Püppchen, hast du dir schon vor Angst ins Höschen gemacht?“

Justine wird schlecht.

„Wir tun dir nichts, weißt du. Wir sind nur auf der Suche nach ein bisschen Liebe!“, grölt ein anderer.

„Jemand hat uns verraten, dass du hier ganz alleine wohnst und noch dazu sehr hübsch sein sollst.“

„Mach doch bitte mal das Tor auf“, bettelt der Erste mit lieblich verstellter Stimme.

Sekunden vergehen, man hört nur Gemurmel.

„Na, wird’s bald!“

„Willst du nicht hören, was?! Na warte, ich komm mal rüber zu dir und zeig dir, was wir mit sturen Mädchen so machen.“

„Die meinen das ernst“, stottert Justine ohne Stimme, denn es hat ihr die Sprache verschlagen. *Wo ist mein Handy? Verdammt, das liegt oben.* Sie umgreift das Jagdmesser und stellt sich schon mal auf einen Kampf ein. Leopold steht hinter ihr und legt ihr die Hand auf die bebende Schulter. Seine ruhige Kraft fließt durch ihren Körper, als könne er sie damit aufladen.

Da schüttelt sich Justine und reißt die Haustür auf. Sie tritt ganz nach vorne auf das Podest und schreit laut:

„Leopold, hol die Gewehre. Ich habe große Lust, diesen Dummköpfen eine Ladung Schrot in den Arsch zu blasen!“

Sie erschrickt selbst über die Lautstärke ihrer eigenen Stimme. Der Mann auf der Mauer hält inne und die Männer lachen. Dann tritt sie zurück ins Haus und ruft erneut betont laut:

„Die Munition ist in der roten Kiste. Los beeil Dich, bevor er die Mauer wieder hinuntergeklettert ist. Ihn schieße ich zuerst herunter, wie auf der Kirmes. Piff Paff." Sie wartet einen Moment und hört die Männer aufgeregt miteinander reden. Sie versteht nicht, was sie sagen, nur Wortfetzen wie „Bewaffnet" und „Nicht alleine". Nachdem die Männer sich zu beratschlagen scheinen, packt sie sich einen großen Ast, den sie zum Dekorieren verwenden wollte. Als sie mit dem Ast in der Tür erscheint und ihn wie ein Gewehr ansetzt, springt der Mann von der Mauer. „Vor euch steht eine Schützenkönigin. Von zwanzig Tontauben habe ich nicht eine einzige verfehlt. Jeder Schuss ein Treffer!"

Im ersten Moment denkt sie, dass ein Schatten auf sie zu gerannt kommt und die Panik bricht aus, doch dann erkennt sie, dass ihr die eigene Wahrnehmung einen Streich gespielt hat. Dann dauert es noch einen Moment, bis die Maschinen unter lautem Gedöns gestartet werden und die Abfahrt hinab verschwinden. Sie zählt drei Motorräder an der Zahl.

Leopold kommt von seiner erfolglosen Suche zurück und staunt nicht schlecht, als er die Rücklichter der Motorrad-Rowdys ums Eck verschwinden sieht.

„Jus, ich habe leider kein Gewehr gefunden, auch keine rote Kiste."

Justine möchte etwas erwidern, doch dann sinkt sie bewusstlos in seinen Armen zusammen. Er sperrt die Tür

ab und trägt sie die Treppe nach oben und legt sie auf ihr Bett.
Nachdem er ihr einen feuchten Lappen in den Nacken gelegt hat, kommt sie wieder zu sich. Als sie die Augen öffnet, sitzt er über sie gebeugt und streicht sanft über ihre Stirn. Sie lächelt.

„Sind sie weg?"

„Ja, sie sind abgezogen. Ich habe unten abgeschlossen und dich hochgebracht."

„Danke, das ist lieb."

„Du hast die Kerle vertrieben, nicht ich. Sag mal, kannst du schießen?"
Justine lacht.

„Nein, das kann ich nicht. Habe es jedenfalls noch nie probiert." Leopold reißt die Augen auf. „Und ich habe auch kein Gewehr und erst recht keine Munition."

„Wenn du deinen Gesichtsausdruck gerade sehen könntest, unbezahlbar!" Beide lachen laut.

„Jetzt brauchst du keine Angst mehr haben, denn die kommen sicher nicht wieder. Du hast es geschafft."

„Meinst du?"
Er nickt.

„Bleibst du heute Nacht bitte bei mir, ich fürchte mich sonst", fleht Justine. Leopold hebt die Decke an und schlüpft darunter. Sein schlaksiger Körper nimmt sie sanft in den Arm. Es dauert nur wenige Sekunden, dann ist sie eingeschlafen.

„Es ist nun an der Zeit zu gehen", flüstert Leopold und gibt Justine einen sanften Kuss auf ihr Haar. Ihren Arm streichelnd fällt auch er in einen tiefen Schlaf.

Dank Leopolds Anwesenheit hat Justine ihre Angst vor den Widersachern verloren. Nur die Spuren der breiten Reifen vorm Tor erinnern Justine noch daran, dass es ihr gelungen war, diese Möchtegern-Rocker zu vertreiben. Sie liebte es in den letzten Tagen, ihren stillen Gast um sich zu haben.

Tagsüber strichen sie gemeinsam durch den Wald. Justine hat vor einiger Zeit bei einer Wanderung eine tolle Lichtung entdeckt, die von Steilhängen umgeben ist. Als sie das letzte Mal dort war, hat sie wenige junge Pfifferlinge entdeckt, die sie aber noch nicht gesammelt hatte. Als die beiden jetzt die Freifläche betreten, strahlt es ihnen goldgelb von allen Seiten entgegen. Die ganzen Hänge sind voll von Pfifferlingen. Sie naschen Schlehen und sammeln einen großen Korb voller Pilze, zudem Maronen und Hagebutten. Justine kennt sich aus ihrer Kindheit noch gut mit Speisepilzen aus und wählt auch hier nur das, was sie sicher bestimmen kann. Sie zeigt Herrn Phobos, auf was sie beim Sammeln achtet und wie man die Pilze am besten putzt und zubereitet. Da es so viele Pilze sind, wird sie einige davon in der Sonne trocknen und für den Winter aufbewahren. Alleine die zwei Krausen Glucken bringen gut drei Kilo auf die Waage. Ein Pilz, der aussieht wie ein Badeschwamm und angenehm nussig schmeckt. Die Glucke findet man meist am Fuße eines Kiefernstammes und der Wald hier ist zum Glück voll von Kiefern. Leopold macht große Augen. *Ob er wohl Sorge hat, dass ich die richtigen Pilze wähle?*

„Du brauchst dich nicht fürchten, Leopold“, lacht sie. „Ich weiß genau, was ich hier tue.“
Er schmunzelt ein wenig und nickt ihr vielsagend zu. *Nein, Leopold hat keine Angst.*

Einmal hatte Justine einen Jutesack dabei, denn sie wollte Brennnesseln schneiden. Mit der Handsense hieb sie große Bündel aus einem schier unendlichen Feld ab und stopfte sie in den Beutel. Um sich vor den brennenden Nesseln zu schützen, trug sie eine feste Jacke und Arbeitshandschuhe. Leopold war ihr behilflich und griff mit den bloßen Händen zu.

„Halt, lass mich das machen. Du hast ja gar keine Handschuhe.“ Doch er machte weiter. Als sie seine Hände untersuchte, waren keinerlei Bläschen zu sehen.

„Mir hat das noch nie etwas ausgemacht, Jus“, erklärt er zu seiner Verteidigung und entzieht ihr seine Hände.

Zurück am Landhaus ließ sie Wasser ein und bedeckte die Brennnesseln mit einer Steinplatte. Nun würde sie dieses Gebräu gut zehn Tage stehen lassen und von Zeit zu Zeit Wasser nachgeben. Wenn die Brennnesseljauche durchgezogen ist, gibt das im Verhältnis von eins zu zehn verdünnt einen wunderbaren Dünger für das Gemüse.
Mitden jungen Nesseln probierte sie am Abend zum ersten Mal eine neue Rezeptidee, nämlich in Butter geschwenkte Brennnesselknödel. Hierfür hat sie die Brennnesseln gut unter kaltem Wasser abgewaschen und mit dem Nudelholz ausgestrichen, sodass die kleinen Brennhaare gebrochen wurden und bei der Verarbeitung keinen Schaden mehr anrichten konnten. Danach ließen sie sich wie Giersch oder Spinat ganz einfach verarbeiten.

Damit der Geschmack der Brennnessel nicht zu sehr hervorsticht, hat sie als Zugabe für die Knödel noch reichlich Vogelmiere geerntet. Die Miere wächst rund um das Landhaus in dichten, grünen Polstern und ist im Geschmack ganz zart. Dieses Unkraut liefert viele wichtige Mineralstoffe und eignet sich auch hervorragend für Salate.

An anderen Tagen kochte sie Wildkräuter Gnocchi und eine Quiche aus frischen Hopfensprossen. Alles hat Justine direkt aus der Natur geerntet und erstmals zubereitet, es gelang ihr vorzüglich. Auch verstand sie mit der Zeit immer besser, mit dem Brotofen umzugehen. Der Ofen selbst war ihr Lehrer. Er zeigte ihr, wie viel sie anfeuern musste, um ein schönes Ergebnis zu erhalten, und wie darin, die unterschiedlichen Temperaturen entstehen. Justine backt zweimal die Woche mit den Vorräten von Valerie und so kommt es vor, dass sie über Wochen nicht mehr in die Stadt fahren muss. Bald ist es so weit und es wird den ersten eigenen Federweißer und Zwiebelkuchen geben.

23. Au revoir

Es ist bereits der erste Oktober und dafür noch ungewöhnlich mild. So beschließt Justine, mit Leopold an eine der Sandbuchten am Main zu fahren. Er sitzt in dem kleinen Anhänger, was sicher ein wenig albern aussieht, doch das stört die beiden nicht. Als es bergauf geht, schiebt er das Rad, doch die meiste Strecke besteht aus einem asphaltierten Radweg, der über viele Kilometer nur gerade aus geht.

Erst einmal angekommen, zieht Justine sich aus und rennt Richtung Wasser.

„Justine! Ich bitte dich ... der Sommer ist vorüber!", ruft Leopold ihr zu.

„So? Wer bestimmt das denn?"

„Der Kalender."

„Pah!", lacht Justine. „Na los, komm auch rein."

„Ich kann nicht schwimmen, außerdem ist es viel zu kalt", antwortet er leise.

„Nun komm ... sei kein Spielverderber!"

Er zieht tatsächlich die Schuhe aus und krempelt die Hose hoch, dann kommt er ans Wasser gelaufen. Justine nimmt ihn bei der Hand und beide gehen ein Stück weit hinein.

„Und?"

„Du hast recht, das Wasser ist sogar angenehm, gar nicht so kalt."

In Leopolds Augen sieht sie ein Funkeln, dass bisher noch nicht da gewesen war.

Mal etwas Verrücktes zu machen, das scheint neu für ihn zu sein. In dem bunten, weit aufgeknöpften Hemd mit den nackten Füßen wirkt er so menschlich wie nie zuvor. Sie freut sich sehr, dass auch sie ihm etwas Gutes tun kann und er von seiner Arbeit mal Urlaub macht. Er lässt es zu, einfach mal ganz unbeschwert zu sein. Sie beobachten kleine Fische und retten ein Insekt vor dem Ertrinken.

„Ich gehe wieder an Land, schwimm du ruhig noch ein wenig. Ich schaue zu“, sagt er und steigt aus dem Wasser. Er setzt sich auf die Decke und nimmt sich eine Scheibe vom frisch gebackenen Brot, dazu holt er sich eine von Justine selbst gemachte Schorle aus Beeren und Minze. Justine schwimmt weit hinaus in den Main und wieder zurück. Als ein Motorboot kommt, liegt sie im flachen Wasser an der Bucht und juchzt, wenn die Wellen über sie schwappen. Eine Biene landet im Wasser und Justine rettet sie mit Hilfe eines Grashalms vor dem Ertrinken. Leopold beobachtet jede ihrer Bewegungen und sieht einen Moment lang nachdenklich versunken aus. Bevor sie fragen kann, was ihn beschäftigt, greift er nach zwei flachen Steinen und setzt an, diese über die Wasseroberfläche hüpfen zu lassen. Justine beobachtet, wie die Steine über das Wasser tanzen. Und plötzlich fällt ihr auf, dass das Wasser gar keine Ringe bildet, sondern ganz ruhig bleibt.

„Hey, wie machst du das?“, fragt Justine erstaunt und steigt aus dem Wasser.

„Hier, nimm dir ein Handtuch. Du erkältest dich noch“ mahnt er besorgt, als er die Gänsehaut an ihrem ganzen Körper sieht.

„Na, diese Wurftechnik musst du mir aber noch mal zeigen.“. Sie frottiert sich ab und schnappt sich ihr T-Shirt. Mit dem Rücken zu Leopold schlüpft in ihr Hemd. Dann dreht sie sich zu ihm um und lacht, als sie seine Augen ganz ungeniert auf sich ruhen sieht. Ihre blonden Haare umrahmen ihr hübsches, braungebranntes Gesicht. Ihre Sommersprossen auf der Nase und die grünen Augen sprechen für die künstlerische Freiheit und Kreativität des Erschaffers.

„Gerade beim Schwimmen kam mir die Erkenntnis, dass ich ja jetzt überhaupt keine Angst mehr haben muss. Endlich lassen sie mich in Frieden. Der Anruf von Dr. Marone hat mich sehr erleichtert ... Ich kann es gar nicht mit Worten ausdrücken, wie glücklich mich das macht.“
Sie lehnt sich zurück und stützt sich auf die Ellbogen und denkt über das gestrige Telefonat mit dem Investor nach. Sie erinnert sich an jedes gesprochene Wort.

„Guten Tag, spreche ich mit Frau Argon?“

„Am Apparat. Und mit wem spreche ich?“
Justine hat schon an der Vorwahl gesehen, dass der Anruf aus Frankfurt kommen muss.

„Natürlich, wie unhöflich von mir. Bitte verzeihen Sie. Mein Name ist Dr. Marone. Ich habe einen Brief von Ihnen erhalten und wollte mich daher persönlich melden.“

„Wissen Sie eigentlich, wie viel Angst und Sorge Sie mir zugefügt haben? Sie können von Glück sagen, dass ich Sie nicht angezeigt habe!“

„Oh … Moment. Ich habe Ihnen Angst eingejagt?“

„Na, jetzt tun Sie bitte nicht so überrascht. Erst die verdorbenen Fleischabfälle, dann die am Tor aufgespießte Voodoo-Puppe und zuletzt die Motorrad-Bande.“

„Moment. Erzählen Sie bitte ganz in Ruhe und der Reihe nach, Frau Argon.“

„Das müssen Sie doch am besten wissen, was Sie sich alles ausgedacht haben, um mich hier zu vertreiben!“

„Ich versichere Ihnen, dass ich mit diesen Vorfällen nichts zu tun habe.“

„Dann ist das alles auf den Mist von Herrn Balc gewachsen? Warum sollte er dies ohne Weisung tun?“

„Nun, ich will versuchen, es Ihnen zu erklären. Herr Balc war bereits zu Lebzeiten Ihrer Tante sehr an dem Anwesen interessiert. Er bot es mir zum Kauf an, noch bevor Ihre Tante überhaupt eingewilligt hatte. Er war sich sicher, dass er das Grundstück bekommt, wenn der Preis stimmt, doch da hatte er die Rechnung ohne Frau Dupont gemacht. Er sagte dann zu mir, dass wir das Projekt vertagen und das Ableben Ihrer Tante abwarten. Dies ist so geschehen. Als dann er dann die Mitteilung bekam, dass Frau Dupont eine Erbin aus Hamburg eingesetzt hat, war Herr Balc schockiert. Er dachte, es gäbe keine Hinterbliebenen und das Grundstück fällt an die Stadt ab und er könne es zu einem guten Preis abkaufen. Der Bau des Hotels hätte ihm und natürlich auch mir ein Vielfaches an dem Grundstückswert eingebracht.“

Justine hat Dr. Marone reden lassen und schweigend zugehört. „Doch Herr Balc ist ein Stehaufmännchen. Nachdem er von der Erbin wusste, setzte er alle Hebel in Bewegung, um Sie ausfindig zu machen. Niemals hatte er damit gerechnet, dass Sie aus Hamburg selbst in dieses Landhaus ziehen werden. Das war der nächste Tiefschlag für ihn. Er rief mich an und berichtete davon, dass er noch Zeit brauchen würde. Ich sagte noch etwas flapsig zu ihm: ‚Herr Balc, eine alleinstehende Frau ... Lassen Sie doch mal Ihren Charme spielen'. Als auch das scheinbar nichts brachte, wollte er Ihnen eine Wohnung besorgen. Und dann fing er an, wie ich höre, Sie zu schikanieren?" Herr Dr. Marone hält kurz inne, als müsse er nachdenken. „Es wäre das Geschäft seines Lebens geworden und da hat er wohl in Kauf genommen, auch härtere Geschütze aufzufahren. Es tut mir wirklich leid, Frau Argon."

Ob er die Wahrheit spricht und wirklich so unschuldig an dieser Entwicklung ist? Ich glaube nicht.

„Frau Argon, sind Sie noch dran?"

„Ja, natürlich. Wie geht das nun weiter, mit diesem Herrn Balc?"

„Ich werde dafür sorgen, dass er Sie in Frieden lässt. Wie Sie geschrieben haben: ‚Man muss wissen, wann man verloren hat'. Auch wenn verlieren sicher nicht zu meinen Kernkompetenzen gehört, so habe ich es nicht nötig, jemandem etwas streitig zu machen. Und Ihre Zeilen lassen auch einen alten Silberrücken wie mich nicht ganz kalt. Ich habe meine Aufmerksamkeit schon vor einigen Wochen einem anderen Projekt gewidmet, nachdem Herr Balc mich zum wiederholten Male vertröstet hat."

„Dann haben Sie vielen Dank für Ihren Anruf und die Zusage, dass von Ihnen keine Gefahr mehr ausgeht. Ich nehme Sie beim Wort."

„Und ich die Einladung zu einem Essen gerne an, wenn es mich mal wieder in Richtung des schönen Örtchens Klingenberg verschlägt. Ich bin sicher, Sie sind eine begnadete Köchin."

„Gerne, dann melden Sie sich. Tschüss, Herr Dr. Marone."

„Auf Wiederhören, Frau Argon. Alles Gute."

Justine kehrt in das Hier und Jetzt zurück.

Über Leopold und sie zieht ein Greifvogel majestätisch seine Kreise.

„Da schau, ein Rotmilan"

„Woran erkennst Du das, Jus?"

„Sein gegabelter Schwanz macht ihn unverwechselbar, wie der Buchstabe V ... und dann die fuchsrote Farbe der Federn.

„Ein wirklich hübsches Tier".

Sie schauen dem akrobatischen Flieger schweigend zu, wie er seine Kreise zieht, bis er in ein anderes Revier wechselt.

Am nächsten Morgen...

„Ich werde bald abreisen."

„Natürlich", antwortet Justine betont gelassen, auch wenn sie in Wahrheit sehr traurig darüber ist. *Ich, wo ich immer am liebsten allein war, wünschte mir nun, er würde noch bleiben. Nicht, weil ich mich noch fürchte. Nein, Leopold ist so unaufdringlich, dass er mich nicht eine Sekunde lang gestört hat.* Und das konnten bisher nur

wenige Menschen in Justines Leben. Die meisten nahmen sich immer mehr, als ihnen zustand und so wurde das Beisammensein mit anderen Menschen für sie eher zum ständig auf der Hut sein.
Justine weiß, wie gut sie Leopold gefällt. Doch sie ist sich auch sicher, dass er ihr nicht ungefragt näherkommen würde. Es ist dieses Wohlfühlen beim Blick in seine Augen.

„Begleitest du mich heute noch zu den beiden Weinbergen? Ich möchte Peter zuliebe dort mal nach dem Rechten sehen."

„Oui, ja. Trés bien. Avec plaisir."
Justine holt den großen Korb und legt eine Decke hinein, füllt die Thermoskanne mit heißem Kaffee, dazu packt sie eine Flasche Wasser, selbstgebackene Knusperstangen und eine Traubenkonfitüre ein. Diese Marmelade ist derzeit ihre Lieblingssorte, denn sie schmeckt so unglaublich vielschichtig. Glücklicherweise hat sie das Rezept gefunden. „Confiture de raisin", hergestellt aus blauen Trauben, eingekocht mit einem vollmundigen Gewürztraminer von Peter, dem er in Memoriam an Valerie den Namen „Bernstein" gegeben hat. Etwas Zucker, Sternanis, Gewürznelken und rosa Pfefferbeeren. Sie wird sich ein paar Reben abschneiden und später mal nachkochen.
Eine Stunde später sitzen beide inmitten der Reben und genießen ihren Kaffee. Sie trinken aus einem Becher, als gäbe es nichts Selbstverständlicheres auf der Welt. Justine fühlt sich bei Leopold so geborgen.

„Schade, dass Du wieder auf die Reise musst." Sie nestelt an einer Franse der Decke herum.

„Ich bin schon viel länger geblieben, als ich es je vorgehabt habe.“

„Wirst du denn mal wieder vorbeikommen?“

„Bestimmt“, sagt Leopold und das klingt zum ersten Mal nicht ganz aufrichtig. Justine runzelt die Stirn, aber sie bohrt nicht nach. Dann lässt sie sich nach hinten auf die Decke sinken und schaut in den Himmel. Leopold tut es ihr gleich. Und während sie da so beieinander liegen, greift er nach Justines Hand und beobachtet ihr hübsches Gesicht. Sie liegt entspannt mit geschlossenen Augen neben ihm, ihr Brustkorb hebt und senkt sich langsam.

„Ich hoffe, du bist stolz auf dich, Justine?“

„Hm …“ Sie zögert kurz, bevor sie ein ganz überzeugtes „Ja!“ ausspricht und den Kopf zu ihm dreht. Ihre grünen Augen strahlen.

„Das ist gut so. Schau, es hat nicht jeder den Mut, von der Karriereleiter zu klettern, um seinen eigenen Weg zu gehen. Dein momentaner Rückzug strahlt auf mich eine große Souveränität und Kenntnis deiner selbst aus.“

„Tante Vally hat mir mit ihrem Nachlass das Törchen vom goldenen Käfig geöffnet … Das habe ich mir schon manches Mal bildlich so vorgestellt. Ohne sie wäre mir das nicht so gelungen.“

„Das mag stimmen, doch du selbst warst es, die sich getraut hat, herauszufliegen. Mit allen Konsequenzen. Valerie war eine starke Frau und sie hat die richtige Wahl getroffen. Ich bin mir sicher, dein Leben hätte sich auch ohne diese schicksalhafte Fügung verändert. In dir steckt eine Frau, die zu aufmerksam ist, als dass sie lange über etwas hinwegsehen könnte. In dir lebt eine starke Liebe zur Natur, zu den Tieren und zu dir selbst. Es ist wunderbar, wie du für dich schaust und auf dich achtest." Er schluckt kurz, bevor er weiterspricht. „Du bist mutig genug für alles, was kommt ... und jetzt bist du auch ohne Furcht, Jus." Sie schweigen und halten sich bei der Hand. Und während sie da so still liegen, wagen sich die Kaninchen aus ihren Bauten und hüpfen um die beiden herum, als wären sie immer schon dort gelegen. Eines schleicht ganz nah an Leopold heran und mampft dann genüsslich vom Klee. Auf dem Rückweg sammeln sie Esskastanien im Wald, die Justine daheim mit dem Messer kreuzförmig einritzt und mit Zucker und Meersalz im Ofen röstet.

Als Justine am nächsten Morgen erwacht, spürt sie, dass Leopold fort ist. Er ist gegangen, ganz ohne sich zu verabschieden. *Aber nein, das stimmt doch nicht. Er hat sich verabschiedet. Wir beide haben uns gestern den ganzen Tag lang Zeit dafür genommen. Das war einer der schönsten Tage meinem Leben.*

Sie geht hinunter und klopft an seine Zimmertür, die nur angelehnt ist. Dort sieht sie auf dem frisch gemachten Bett das bunte Hemd liegen. Er hat es ihr als Erinnerung an die gemeinsame Zeit dagelassen. Vorsichtig setzt sie sich aufs Bett und schmiegt das Hemd ganz fest an sich. Sie ist traurig und zugleich sehr dankbar. Eine Träne tropft ihr auf den Stoff und sickert ein.

24. November

Es vergehen weitere, sehr ruhige Wochen. Die Bäume haben sich einen rot-gelben Mantel angezogen und bald stehen sie nackt. Es sind wieder diese Tage, an denen Justine kein einziges Wort spricht. *Das Alleinsein ist die reinste Form des Seins.*

Die Weinstöcke auf dem Grundstück hängen voller goldener und dunkelroter Trauben. Sie erntet die satten Früchte zwei Tage lang ununterbrochen, bis ihre Hände selbst schon eine rubinrote Farbe angenommen haben. Es mutet Justine fast ein wenig dekadent an, wie sie Hände voll von den prallen, süßen Trauben in die Körbe legt. Die Natur hat sie so reich beschenkt. Einen Teil der Trauben gibt sie an Peter, der sich zum Glück wieder gut erholt hat. Besonders schöne Reben legt sie in einen aus Weidenzweigen handgeflochtenen Korb und bringt ihn den Mitarbeitern aus dem Gewürzamt. Für sie alleine sind es viel zu viele. Die übrigen Rispen verarbeitet sie ganz unterschiedlich. Zunächst wäscht sie die Trauben und sortiert die Schlechten aus. Um sie herum schwirren zahlreiche Wespen. *Früher habe ich mich vor Wespen gefürchtet, weil ich oft gestochen wurde. Doch heute seid ihr meine Freunde. Und ich denke, ihr sollt doch auch etwas von dem süßen Saft der Trauben haben.* Als wüssten die Wespen, dass sie unter dem gleichen Dach wohnen, lässt man sich gegenseitig in Frieden. Justine wurde in diesem Sommer nicht ein einziges Mal gestochen.

Einen Teil der Ernte trocknet sie auf großen Tüchern in der Sonne, bis sie zu Rosinen werden und verstaut sie dann im kühlen Sandsteinkeller. Aus einer zweiten Portion kocht sie Marmelade ein, die sie mit Zimt, Vanille und Macis verfeinert. Danach folgen die würzigen Chutneys in unterschiedlichsten Variationen, mal mit Senfkörnern, Zwiebeln und Rosmarin, dann mit Knoblauch, schwarzem Pfeffer und Chili. Sie verwendet Gierschsamen, Zweige der Fenchelblüte und Dill, die Blätter vom Meerrettich und wilden Thymian. Sie kocht Kartoffeln und Kürbis, legt frisches Gemüse ein und auch Grillgemüse.

Sie kombiniert alles kunterbunt gerade so, wie sich vor ihrem geistigen Auge eine Aromawelt auftut, die man am besten womöglich mit dem Wort „Umami“ beschreiben kann. Es entstehen lauter individuelle Eigenkreationen, die Justines Meinung nach alle in sich ein stimmiges Geschmacksbouquet bilden. Wie gut es tatsächlich schmeckt, wird sich den Winter über dann zeigen. Als sie mit dem Deckel in der Hand am Herd steht und in den köchelnden Topf blickt, kommt ihr ein Gedanke. *Was ist, wenn ich selbst der Deckel für meinen Topf bin, den ich so viele Jahre vergeblich woanders gesucht habe?*

Nachdem sie mit dem Einkochen der Marmelade fertig ist, beginnt sie mit den Vorbereitungen für ihren ersten selbst angesetzten „roten Rauscher“, einem Obstwein. Sie hat sich für diese Variante anstelle des hellen Federweißen entschieden, da sie hier die ganze Traube verwerten kann. Peter hat ihr erklärt, dass Tannine

Gerbstoffe sind, die vor allem in der Fruchtschale, in den Kernen und Stängeln enthalten sind.

„Mehr wie schief gehen kanns ja nicht“, spricht sie laut aus, bevor sie die historische Saftpresse von Tante Vally mit entschlossenen Drehbewegungen in Gang setzt.
Der Traubenmost ist fertig gekeltert und muss nun einen Tag lang stehen bleiben. Justine probiert einen Schluck direkt aus dem Bottich, der rote Saft rinnt ihr vom Kinn entlang den Hals hinunter ins Dekolleté. Überall pappt es. Wahrscheinlich schmeckt sie selbst gerade so süß wie eine ihrer Marmeladen. Doch Justine macht ihr das gar nichts aus, im Gegenteil! Es ist eine Freude, so ganz in diesem Produkt aufzugehen. Sie wischt sich nur kurz mit dem Handrücken über die Lippen und fährt ehrgeizig mit ihrem Projekt fort. *Halt, erstmal aufräumen. In der Küche sieht es aus, als wäre hier einer ersten Schulklasse ein Experiment missglückt. Alles ist bunt verspritzt.* Justine kommt der Spruch in den Sinn, den Astrid Lindgren ihrer Pippi Langstrumpf in den Mund gelegt hat. „Das *habe ich* noch nie vorher versucht, also *bin ich* völlig sicher, dass ich es schaffe.“ Als nach einer Stunde das Chaos beseitigt ist, steigt sie dann doch erstmal unter die kalte Dusche. Noch in der Nacht träumt sie von der Traubenernte.

Am nächsten Tag schüttet sie die den Fruchtbrei nochmal über ein Tuch in einen sauberen Eimer ab. Der naturtrübe Most, der übrig bleibt, ist nun frei von groben Rückständen. Sie gibt etwas Reinzuchthefe dazu und füllt alles in den Glasballon mit Gärventil. Ein wenig unsicher stellt sie den Ballon unter die Pergola, da sie nach wie vor etwas Sorge hat, dass er bersten könnte. *Wenn es diesmal knallt, weiß ich Bescheid.*

Doch es geht alles gut. Das selbstgebraute Getränk schmeckt zugegeben etwas gewöhnungsbedürftig und nur entfernt so wie ein gekaufter Federweißer, doch Justine mag den Geschmack. *Wie gerne würde ich Leopold ein Gläschen zum Probieren anbieten. Und Uschi ... und auch Tom.* Da niemand sonst da ist, muss Peter herhalten. Immerhin ist Peter so charmant, dass er ihren ersten Versuch sogar lobt. Dazu hat Justine im Brotofen einen Zwiebelkuchen mit ganz dünnem Teig nach Valeries Rezept gebacken. Hierzu wurden rote Zwiebeln nur grob geschält und mitsamt dem Wurzelstrunk aufgeschnitten und auf dem Teig verteilt. Dazwischen hat sie bunte Tomaten gelegt und dann zum Schluss alles mit Kümmel, Kürbiskernen und Walnüssen bestreut. *Der hätte dir geschmeckt, Tante Vally!*

„Justine, sag mal... hast du nicht eine Idee? Ich habe noch keine Namen für die neuen Jahrgänge. Hier hat mir Valerie immer geholfen", fragt Peter vorsichtig an.

„Oh ... in welche Richtung soll das gehen?"

„Das ist völlig offen. Ich habe diesmal die gesamte Farbpalette dabei, aber keine guten Ideen."

„Wie fändest Du es, die lateinischen Namen von Pflanzen als Namen zu verwenden?"

„Das klingt sehr gut, allerdings kenne ich mich damit nicht aus."

„Ich kenne auch nur wenige auswendig. Zum Beispiel den lateinischen Namen einer meiner Lieblingsblumen, die Küchenschelle. *Pulsatilla grandis*. Hier stelle ich mir einen dunklen Rotwein vor, der farblich in eine Mischung aus Magenta und Lila geht.“

„Donnerwetter, Justine. Wenn ich es nicht besser wüsste, könnte ich meinen, du wärst die junge Valerie.“ Justine fühlt sich geschmeichelt und macht weiter. „Für einen mineralischen Weißwein, der auf kargem Boden gedeiht, könnte der lateinische Name ‚Sempervivum‘ passend sein. Denn übersetzt bedeutet das so viel wie ‚ewiglebend‘.“

„Das machen wir! Ich freue mich, wenn Du noch mehr solche tollen Einfälle hast und hoffe, dir damit nicht zu viel Arbeit zu machen?“

„So etwas ist keine Arbeit für mich, Peter. Das ist purer Genuss für meine kreativen Zellen.“ Beide lachen.

Justine fallen noch zahlreiche weitere Namen ein, die sie alle in ihrem Notizbuch festhält. *‚Mimosa pudica‘ eignet sich hervorragend für einen leichten Rosé und ‚Bellis‘, das Gänseblümchen, zum Beispiel für einen lieblicheren Weißwein. Rotweine können solche Namen wie, Dahlia‘ und, Lavandula‘ prima tragen, sofern sie zum Bouquet passen.* Justine denkt an die Provence, an blühende Felder, an Aprikosen, Mandeln und leckere Weine. Wenige Tage später hat sie gut dreißig Begriffe gefunden und ein Konzept für die Etiketten, Geschmack und Farbe entworfen und ist gespannt, wie Peter das mit seinem Wissen über die Rebsorten noch ergänzen wird. *Eine botanische Weinlinie, wie schön!*

„Aua!“, schreit Justine laut auf. Beim Kampf mit den zentnerschweren Zaunrollen hat sie sich den Finger eingequetscht, der sofort anschwillt. Sie wollte gerade den Maschendraht vom Dachboden holen und ihn im Stall lagern, um zu sehen, ob sie damit im Frühjahr den neuen Zaun aufziehen kann, oder ob das Material nicht ausreicht oder schon brüchig ist. Unter Schmerzen zieht sie ihr Vorhaben weiter durch und betritt das erste Mal den alten Stall. Innen ist er leer und bis auf Staub auch sauber und trocken. An einem Balken hängt ein altes Hufeisen. *Ein Glücksbringer.* Sie nimmt einen Besen und fegt durch, der Staub wirbelt auf und nimmt ihr die Sicht. Der Finger pocht zunehmend. Mitten in den Staubschwaden scheint es ihr, als sähe sie etwas Weißes auf dem Boden schimmern.

„Nanu, was ist das denn?“, staunt Justine, nachdem sie sich gebückt hat, um näher hinzusehen. Vor ihr liegen vier Spielwürfel. Sie schaut die Würfel an, kann allerdings nichts damit anfangen und steckt sie ein.

Jetzt falle ich eine Weile aus, so ein Mist! Justine verbindet sich die Hand, so gut es geht. Wahrscheinlich sollte sie zum Arzt gehen, doch sie möchte das Anwesen nicht verlassen. Sie fühlt sich im Moment so bei sich, dass es ihr bei dem Gedanken an ein Wartezimmer oder Krankenhaus graut.

Vor ihr auf dem Tisch liegt der Fund aus dem Stall, vier Würfel. Und bei einer genaueren Betrachtung im Licht fällt ihr eine Markierung auf, jeweils auf der Fläche mit den vier Augen.

„Vier mal vier ist sechzehn. Was könnte das nur bedeuten?“, fragt sich Justine. Sie holt ihr Notizbuch und schreibt darin die Zahl Sechzehn auf. Jetzt fällt ihr etwas ein. Sie steht auf und geht zur Bibliothek im Wohnzimmer. Hier fand sie vor Kurzem wieder eine gekennzeichnete Passage in einem Buch über das Leben von Julius Caesar. Sie schlägt das Buch nochmal auf und liest:

„Die Würfel sind gefallen.“
Les dés sont jétes.

In diesem Moment ist sie sich sicher, dass die Würfel ein wichtiger Teil des Rätsels Lösung sind. Beinahe hatte sie das Rätsel von Valerie schon wieder vergessen, weil sie kaum Hinweise gefunden hat.

Es gibt schon Bodenfrost, stellt Justine fest, als sie wie jeden Morgen die Klappläden öffnet. Das Bild, das sich ihr darbietet, gleicht Poesie. Justine hat in ihrer Zeit im Landhaus schon zahlreiche Texte und auch ein wenig Lyrik geschrieben. *Die Erde dampft unter dem sanft weckenden Kuss der Morgensonne.* Auch im Haus ist es kalt, der Kamin ist inzwischen jeden Tag an. *Zum Glück habe ich so fleißig Holz gemacht.* Der Ofen steht gleich rechts, wenn man die Küche betritt. In den Fächern drum herum war Brennholz aufgestapelt, das jetzt nachgefüllt werden muss. Da sie mit ihrer Hand keine Schubkarre schieben kann, nimmt sie einen Eimer. Hier legt sie nacheinander drei Scheite hinein und trägt sie in die Küche. Den Vorgang wiederholt sie mehrfach, um wieder genug Holz im Haus zu haben.

Um die anderen Räume im Haus zu heizen, kann sie verschiedene Klappen öffnen und die nach oben strömender Wärme zumindest ein wenig verteilen.

Der Ringfinger links hat sich böse entzündet, im Gelenk pocht jede Bewegung wie heiße Messerstiche. Seit Tagen behilft sie sich mit Umschlägen aus Kamille und selbst hergestelltem Rosmarinöl, doch die Entzündung bleibt akut. Als sie eingeheizt hat, bewacht sie den Ofen wie immer noch eine Weile. Sie hat in Valeries Aufzeichnungen darüber gelesen, dass es zu einem Kaminbrand kommen kann, wenn sich abgelagerter Ruß im Schornstein entzündet. Das erklärt auch den Eimer mit Sand, der neben dem Kamin steht. Als das Haus aufgewärmt ist, geht Justine wieder nach oben. Sie glaubt, Fieber bekommen zu haben, und sucht nach einer Schmerztablette.

Wenn das nicht besser wird, muss ich Peter anrufen, gesteht sich Justine ein und bedauert, dass sie keine Telefonnummer von Leopold hat. Sie redet so oft noch mit ihm im Geiste und wünscht sich, mal wieder seine Stimme zu hören. Mit diesen Gedanken fällt sie in einen tiefen Schlaf und stellt sich vor, er würde wie damals neben ihr liegen und sie fest umarmen.

„Was ... schon dunkel?“ Justine bemerkt, dass sie eingenickt war. Sie hat den ganzen Tag verschlafen. Obwohl sie nach wie vor Schmerzen hat, scheint das Fieber überwunden. Das Haus ist kalt. Sie schlüpft in Ihre Strickjacke, heizt den Ofen erneut an und kocht sich eine Kartoffelsuppe mit Sellerie und Zwiebeln.

Wenn jemand Justine fragen würde, welcher Tag heute ist, sie könnte es nicht beantworten. Nichts im Außen ist mehr wichtig. Die Sonne geht auf und die Sonne geht unter. Manchmal bleibt das Licht auch Tage lang wie verschluckt, dann bleibt es neblig und düster. An diesen Tagen spürt sie kaum noch, ob es morgens, mittags oder abends ist. *Ein freier Fall, ein Strudel aus blankem, existenziellem Sein.*

Im Moment kann sie noch ganz normal duschen, doch wenn die Temperaturen weiter sinken, muss sie das Wasser abdrehen und die Leitungen zusätzlich mit Jutesäcken fest umwickeln, um sie vor dem Einfrieren zu schützen. Nur eine Leitung steht dann noch zur Verfügung, da sie frostsicher installiert wurde. Das hatte Valerie nachrüsten lassen, um über den ganz kalten Winter die Wasserversorgung im Haus sicherzustellen. Langsam erholt sich endlich auch Justines Hand, die Entzündung ist auf dem Rückzug. Sie kann den Finger noch nicht wieder ganz abknicken, aber das wird nicht mehr lange dauern.

In der Zeit, in der sie nicht draußen oder im Haus arbeiten konnte und auch nicht selbst schreiben konnte, hat sie wieder viel gelesen. Früher hätte sie sich mit Tom wahrscheinlich irgendwelche amerikanischen Serien über Netflix gestreamt, doch das scheint wie aus einem anderen Leben zu sein, das - gefühlt - Jahre schon hinter ihr liegt.

In einem Buch über die griechische Antike liest Justine von Pegasos. Das geflügelte Pferd sei aus Medusas Nacken entsprungen, als diese geköpft wurde.

Bisher hat sie sich wenig mit Mythologie beschäftigt, doch Tante Vally schien großes Interesse daran gehabt zu haben, denn dazu findet Justine zahlreiche Bücher. Und so langsam findet auch sie an diesen Sagen und Mythen Gefallen. Die meisten Bücher sind auf französischer Sprache, einige auf Deutsch und nur wenige auf Englisch. Und auch wenn Justine lange aus der Übung ist, sie sprach selbst mal fast fließend Französisch.
Auf der nächsten Seite erscheint wieder ein „J." neben einem der Sätze.

„Pegasos wird dir den Weg weisen."
Pegasos vous montrera le chemin.

Was hat das zu bedeuten? Justine notiert sich auch diese Zeile und versucht, das Rätsel zu lösen, jedoch ohne Erfolg.

„Das kann doch nicht so schwer sein…", schimpft Justine ungeduldig und beginnt, alle Bücher aus dem Regal zu räumen und durchzublättern. Nach dem Dreißigsten ohne weitere Hinweise gibt sie auf. Sie erinnert sich an Leopolds Worte: „Alles kommt zu demjenigen, der warten kann."

25. Dezember

Als Justine einmal in die Stadt muss, um sich neue Zahnbürsten, Zahnpasta und Toilettenpapier zu kaufen, zieht sie sich eine schicke Jeanshose an, die sie ewig nicht getragen hat. Die Hose war damals fast neu und sie wollte sie sich aufbewahren. Mit den meisten anderen Klamotten hat sie viel im Garten gearbeitet und Obst eingekocht, da ist nur noch wenig für die Öffentlichkeit tauglich. Sie merkt, dass ihr die Hose zu groß geworden ist. Sie schlüpft in ein paar wärmere Stiefeletten und zieht ihren grauen Wintermantel an. Ihre Haare sind längst schulterlang gewachsen und sie trägt meistens einen Pferdeschwanz. Damit ihr die Hände beim Radfahren nicht abfrieren, wählt sie ein paar dicke Handschuhe und schlägt sich ein Tuch um das halbe Gesicht.

In der Stadt sieht sie die weihnachtlichen Dekorationen. *Bald ist Weihnachten, stimmt ja.* An einem geschmückten Tannenbaum bestaunt sie die große Lichterkette und wünscht sich eine solche auch für daheim. *Doch mit meiner aktuellen Strom-Lösung wird das leider nicht möglich sein.* Derzeit ist es so düster draußen, dass sie Mühe hat, ihr Handy über die Solarpaneele überhaupt ein wenig zu laden.

Die Menschen hasten mit Tüten unter den Armen durch die Gassen, jeder möchte noch was für die Liebsten daheim kaufen. Justine merkt, wie ihr das Bild einen Stich ins Herz versetzt, denn sie ist ganz allein. Ihr würde in diesem Jahr niemand ein Geschenk kaufen. Das alles war für sie nicht wichtig gewesen. Erst jetzt bemerkt sie, dass Klingenberg sich mitten in der festlichsten Zeit des Jahres befindet. Nachdem Leopold abgereist war, hatte sie kaum noch Kontakt zu anderen Menschen. Einmal kamen Pilzsammler vorbei, die ihr Anwesen bestaunten, sie freundlich grüßten und mit ihr plauderten, das war‘s.

Ihr war schon vorher bewusst, dass der Gang in die Stadt eine Herausforderung für sie werden würde, doch diese starken Gefühle jetzt gerade, die überrumpeln sie. Mit einem Mal ist sie nicht mehr nur allein, sondern einsam. So einsam, dass sie weinend durch die Straßen läuft. Eine Dame mit Kind an der Hand lächelt ihr zu und schenkt ihr im Vorübergehen einen Zimtkrapfen aus der prall gefüllten Bäckertüte. Justine wird es warm ums Herz und sie greift dankbar zu. *Nun hat man mir doch etwas geschenkt.*

Im Frühling, da will Justine wieder mehr unter Leute gehen. So viele Ideen sind bereits in ihrem Kopf geboren, die sie umsetzen möchte. Doch bis dahin, da bleibt sie für sich, geschützt von den Mauern ihres Daseins. Wie ein Tier, das ein sicheres Versteck gefunden hat.

„Bitte geben Sie Ihre PIN ein“, schreibt ihr der Bankautomat vor. Justine tippt die Ziffern und prüft ihren Kontostand. „Nanu ... Ich habe mehr Geld auf dem Konto als noch im letzten Monat. Wie kann das sein?“ *Wer überweist mir denn bitte auf einmal so viel Geld?* Da der Kontoauszugsdrucker defekt ist, muss sie sich wohl oder übel am Schalter anstellen. Die Dame im schwarzen Kostüm, die sie bedient, trägt einen knallroten Lippenstift und rote Fingernägel. Sofort muss Justine an Ines denken und überlegt, wie farblos sie selbst wohl in ihrer etwas zu weiten Alltagsklamotte neben der Dame am Schalter wirken muss. *Ob diese Frau wohl glücklich ist?*

„Was kann ich für Sie tun?“, fragt die Dame und reißt Justine aus ihren Gedanken. Sie stammelt unbeholfen los.

„Nun, ich sehe mal nach. Da! Sie haben vor drei Tagen knapp zweitausendfünfhundert Euro von einer Agentur aus Hamburg überwiesen bekommen.“ Justine macht große Augen. „Von Ines?“. *Erstaunlich, dass sie eben seit langem Mal wieder an Ines gedacht hat und jetzt sowas?*

„Das kann ich Ihnen leider nicht sagen. Hier steht ‚Bonuszahlung Weihnachtsgeld‘. Und in der zweiten Zeile steht: ‚Sorry, Süße‘.“ Jetzt ist Justine baff. So viel Größe hatte sie Ines nicht zugetraut. Die Summe war unter Berücksichtigung der steuerlichen Abzüge die Hälfte ihrer vereinbarten Zielvorgabe für das gesamte Jahr, das Ines immer als sogenanntes Weihnachtsgeld in Aussicht gestellt hat. Dieser doch ganz versöhnliche Abschluss freut Justine weit mehr als das Geld und sofort hellt sich ihre Stimmung auf.

Nach dieser Überraschung möchte Justine sich etwas leisten und schaut beim *Alten Gewürzamt* vorbei. Immer, wenn sie in die Stadt geht, betritt sie das Ladengeschäft und schaut sich ausgiebig um. Man könnte meinen, sie hätte alles dort gesehen, doch sie entdeckt immer wieder etwas Neues. Diesmal fällt ihr eine Kaffee-Curry-

Gewürzmischung ins Auge. Eine solche Kombination hatte Justine noch nie gesehen und die Neugierde wächst, damit zu kochen. So schenkt sie sich selbst das Gewürz und fühlt sich zufrieden und erfüllt. Als sie bezahlt, lugt eine Ecke der Joker-Karte aus der Geldbörse heraus und sie muss lachen. *Stimmt, du bist ja auch noch da.*

Valerie muss doch auch irgendwo Weihnachtsschmuck haben oder hat sie sich etwa daraus nichts gemacht? Nein, das passte nicht zu ihr. Justine durchkämmt im Kopf das Haus, während sie auf dem Rückweg den Berg hinauf strampelt. *Gibt es denn in diesem Haus tatsächlich immer noch Ecken, die ich nicht schon durchstöbert habe?* Da kommt ihr der kleine Raum am Ende des oberen Stockwerks in den Sinn. Dort lagern einige Kartons, doch sie hatte nur in die ersten beiden hineingesehen. Lauter alte Schuhe waren darin. Und da Tante Vally nicht ihre Größe hatte, war das uninteressant. Nur die Gummistiefel, die passen ihr wie angegossen.

Wie ein kleines Mädchen sitzt Justine vor den Kisten auf dem Boden, um sie herum liegt alles voller bunter Christbaumkugeln und Strohsternen. Auch ein goldenes Hufeisen ist dabei. Sie schneidet draußen einen großen Ast von der Zirbelhasel herunter und hängt ihn an Drähten an dem Seil in der Küche auf. Dann dekoriert sie ihn mit Posaune spielenden Holzengeln und allerlei Kugeln und platziert das goldene Hufeisen mit einem festen Draht in der Mitte. Als die Sonne durchs Fenster scheint, fangen die Frostblumen an der Scheibe an zu schmelzen.

Justine dreht das Radio auf und Weihnachtslieder erklingen. Sie beobachtet weiter die winzigen Eisblumen, während die sie in den Gesang der Weihnachtslieder einstimmt, als wäre sie eine tragende Stimme des großen Chors. Aus dem Ofen duftet es lecker nach Lebkuchen und auf dem Tisch liegen schon die Apfelschnitze bereit, um sie damit über Nacht in eine Dose zu packen.

Als Nächstes müssen die alten Äpfel, die sie im Spätsommer gesammelt hat, im Keller umschichtet werden, denn sie hat heute gesehen, dass einige schon faule Stellen bekommen haben. Bevor ihr die ganze Ernte kippt, sortiert sie lieber großzügig aus. Gesagt, getan. Sie zieht die Auslagen aus dem Holzverschlag heraus und trägt eine nach der anderen in die Küche. Ein wahrer Kraftakt, der ihr ins Kreuz geht. Als sie zwei volle Eimer fauliger Äpfel gefüllt hat, geht sie nach draußen und kippt sie mit einem kräftigen Schwung über die Mauer. *Die Waldtiere werden sich über diese Winterfütterung freuen.* Justine hat mit dem Fernglas vom Schlafzimmer aus schon oft Rehe, Füchse, Wildschweine und Feldhasen außerhalb der Mauer beobachtet. Sie erkennt die Tiere inzwischen sogar und hat den großen Tieren Namen gegeben.

Im Sandsteinkeller kontrolliert sie den Holzverschlag mit einer Taschenlampe, um zu sehen, ob Äpfel dahinter gefallen sind. Als der Lichtkegel die Wand aus Sandsteinen streift, fällt ihr ein Halbkreis in der rauen Oberfläche des Steins auf. Das muss beim Schlagen im Steinbruch passiert sein, vermutet Justine erst und holt emsig die erste

Auslage mit Äpfeln wieder in den Keller hinunter. Doch dann lässt ihr der Halbkreis im Stein keine Ruhe mehr.

Noch ehe sie sich versieht, hat sie schon den halben Holzverschlag abgebaut, um den Stein genauer zu untersuchen. Und siehe da, der Halbkreis war keine zufällige Kerbe. Als Justine die Wand freigelegt und die Ausblühungen am Stein mit einer Handbürste abgefegt hat, ist deutlich die Form eines Hufeisens erkennbar. Ein Symbol, das ihr jetzt bereits häufiger hier begegnet ist.
Justine grübelt. *Wer hat sich die Mühe gemacht, hier ein Hufeisen in den Stein zu hauen ... An einer Stelle, die man gar nicht sehen kann?* Sie tritt drei Schritte zurück und leuchtet die Wand aus. Mit ein wenig Phantasie sind die Umrisse eines türhohen Ausschnitts zu erahnen, da hier die Fugen etwas dunkler sind. *Möglicherweise ist sie erst nachträglich verschlossen worden?* Justine tastet die Steine ab, doch sie findet keine Öffnung. Aus dem Schlafzimmer holt sie ihr Notizbuch und liest:

„Pegasos wird dir den Weg weisen."
Pegasos vous montrera le chemin

„Irgendwo habe ich doch einen Hammer und Meißel gesehen?", tönt es aus dem kleinen Geräteschuppen. Alles unnütze Zeug, das Justine im Weg steht, fliegt durch die Tür nach draußen. Endlich mit dem entsprechenden Werkzeug bewaffnet, geht sie ans Werk. Sie spürt, wie dicht sie des Rätsels Lösung auf der Spur sein muss.

Und ihr wird mulmig. In zu vielen schlechten Filmen verbarg sich hinter derartigen Geheimverstecken zumeist nichts Gutes. *Aber doch nicht bei Tante Valerie, also Augen zu und durch.* Justine setzt den Meisel an und schlägt Stück für Stück den Stein mit dem Hufeisen heraus. Sie ist überrascht, als der Stein nach vier Schlägen entzwei springt und sich vielmehr als mittelstarke Sandsteinplatte entpuppt. Hinter dem Stein schimmert eine Stahlwand durch die Mörtelreste. Links ist ein Drehkreuz angebracht, wie man es von einem Tresor kennt. *So so. Der Durchgang durch diese Wand ist also durch einen Code geschützt. Na, dann wollen wir mal unser Glück versuchen.* Mit Blick in ihre Aufzeichnungen dreht sie am Zahlenkreuz. Bisher hat sie nur die Ziffer Sechzehn von den Würfeln, die Ziffer Drei und die Zehn notiert. Letztere standen neben einem angestrichenen Zitat und dem Vermerk „J."

Sie dreht an der Scheibe in den unterschiedlichsten Kombinationen, doch nichts tut sich. Justine hat noch keine rechte Ahnung, wie sie weiter machen soll, und beginnt daher zunächst, die dunklen Fugen herauszuschlagen. Auch dahinter wird eine Stahlwand sichtbar, die vom Format her eine etwas breitere Tür darstellen könnte. Justine ist sich sicher, sie hat das Vermögen von Tante Vally und ihrer Familie gefunden, auch wenn sie das Rätsel an sich noch nicht gelöst hat.

Es dämmert. Justine hat bereits Stunden im Keller zugebracht, der Ofen ist aus und ihr ist bitterkalt. So bricht sie weitere Versuche ab und zieht sich in die Küche zurück, stellt einen Topf Wasser für Tee auf und befeuert den Kamin erneut. Während sie in eine Decke eingeschlagen auf das heiße Wasser wartet, denkt sie nach. *Wie ich hier so sitze, brauche ich gar kein Vermögen. Ich brauche keinen Reichtum, keinen Wohlstand mehr und schon gar keinen Luxus. Für den Moment bin ich bestens versorgt und kann das auch noch eine Weile lang durchhalten. Im Frühjahr werde ich mir wieder eine Anstellung suchen, in der Landwirtschaft vielleicht oder im Weinanbau. Auch die Arbeit in einem Buchladen kann ich mir gut vorstellen. Und ich möchte meine Bücher in ein Lektorat geben und mich dann damit bei einem Verlag bewerben. Vielleicht gefällt es auch anderen, was ich in meiner Zeit der inneren Einkehr niedergeschrieben habe?*

Sie lässt ihren Blick durch die Küche schweifen, bleibt an dem dekortierten Weihnachtszweig hängen. Daneben baumeln Zwiebeln und Knoblauch und zahlreiche Bündel getrockneter Kräuter, die sie für den Winter gesammelt hat. Für den Tee hat sie heute eine Handvoll getrockneten Holunderblüten, Walderdbeerblätter und Brennnessel ausgewählt. Wieder beschleicht sie das heimelige Gefühl hier zuhause sein.
Justine holt sich ihr Notizbuch mit den Aufzeichnungen hervor und liest wieder den Satz mit der Bedeutung, dass dem Geduldigen alles zufällt, was er vermag. Damit belässt sie das Rätsel für heute, schaltet das Radio an und nascht ihre ersten, selbstgebackenen Lebkuchen.

26. Advent

„Diese Postkarten und vier Briefmarken bitte.“

„Innerhalb Deutschlands?“

„Wie bitte?“. Kalter Zigarettenrauch steigt in Justines Nase.

„Wollen Sie die Karten innerhalb Deutschlands versenden oder gehen die ins Ausland?“ Die Dame im Lotto-Laden verdreht gelangweilt die Augen, während sie der Raucherhusten plagt.

„Ach so, innerhalb. Verzeihung“, stammelt Justine.

„Sechs Euro zwanzig“, brummt die Dame unfreundlich und Justine zahlt mit einem Fünf-Euro-Schein und einem Zwei-Euro-Stück und sagt rasch: „Stimmt so ... und frohe Weihnachten.“ Auf dem schnellsten Weg verlässt sie diesen unangenehmen Ort wieder.

Draußen schüttelt sie diese Begegnung ab und sucht sich einen Tisch direkt am Fenster in dem kleinen Café in der Altstadt, um in Ruhe die Postkarten schreiben zu können. Hier war sie in der ersten Woche mal gewesen, als sie im Sommer in das Haus eingezogen war, dann nicht mehr. Damals dachte Justine noch, dass sie schnell Kontakte zu anderen suchen würde und sich hier möglicherweise das erste Mal mit einer neuen Bekannten verabreden würde. Doch mit jedem Tag der inneren Einkehr wurde ihr dieses „Kontakteknüpfen, um nicht alleine zu sein“ weniger wichtig. Sie hat die Zeit alleine dringend gebraucht. Ein freundliches, junges Mädchen bringt Justine eine heiße Schokolade und ein Croissant. Aus den Boxen klingen leise Weihnachtslieder, die anderen Gäste plaudern miteinander und draußen fällt der erste Schnee. Zum ersten Mal seit Monaten fühlt sie sich wieder als ein Teil der Gesellschaft. Sie schreibt zuerst die Weihnachtsgrüße an Tom und Ines, dann eine Karte an Uschi in die „Kleine Freiheit" auf St. Pauli. Das Motiv der Ansichtskarten ziert das verschneite Klingenberg mit festlicher Beleuchtung der Clingenburg.

Die vierte Karte füllt sie mit sehr persönlichen Zeilen an Leopold, auch wenn sie gar keine Anschrift von ihm hat. Absenden will sie die Karte dennoch. Sie vermisst ihren Gast, der ihr in der schweren Situation beigestanden war. Vielleicht meldet er sich ja zu Weihnachten, dann kann sie ihm zumindest von der Karte erzählen.

„Leopold, du fehlst mir sehr", flüstert sie.

Nachdem sie die Ansichtskarten in den Briefkasten eingeworfen hat, lächelt sie dem Himmel zu und dreht sich mit ausgestreckten Armen im wilden Rhythmus der tanzenden Flocken.

„Gruru grurrruuuuu“

„Ja, hallo?! Das nenne ich mal eine Überraschung.“ Vor Justine sitzt auf dem Kastanienzaun genau die Ringeltaube, die damals gegen die Scheibe geflogen war. Die Zeichnung des Federkleides ist unverkennbar. Sie sieht deutlich dünner aus als noch im Herbst.

Justine war gerade dabei, den Schwarzkohl für das Abendessen zu ernten. Es sollte eigentlich heute blanchierten Kohl und als Beilage Pasta mit Weißwein-Sauce geben. Als süße Komponente zum Abrunden des Gerichts wollte sie getrocknete Preiselbeeren einige Minuten lang in Wasser einweichen und zum Schluss mit ein wenig kleingehackter Walnuss in der Weinreduktion mit erhitzen. Doch das muss nun warten.

Justine ist überglücklich, ihre kleine Freundin von damals unversehrt wiederzusehen. Sie steht langsam auf, um das Täubchen nicht zu verschrecken, doch der Vogel bleibt ruhig sitzen. In der Küche kramt Justine nach etwas Buchweizen und einer Schale mit Wasser und stellt alles ans Küchenfenster. Dann setzt sie sich an den Esstisch und wartet. Keine zehn Minuten vergehen, bis der weiß-graue Vogel auf dem Sims landet und gierig pickt.

„Wenn du doch nur bei mir bleiben könntest“, betet Justine flüsternd. „Es wäre für mich das allerschönste Weihnachtsgeschenk.“

Nachdem die Taube satt ist, fliegt sie zurück auf den Kastanienzaun im Gemüsegarten. *In der Nacht sind Minusgrade gemeldet.* Justine beschließt daher, ihrer kleinen Freundin einen sicheren Unterschlupf zu bauen. Mit Mühe rammt sie einen mit der Axt angespitzten

Zaunpfosten in den halb gefrorenen Boden, nachdem sie das Erdreich mit drei Topfladungen heißem Wasser aufgeweicht hat. Alleine diese Aktion dauert bald eine gute Stunde. *Geschafft, der Pfosten sitzt.* Zur Stabilität schlägt Justine von einem Scheit Brennholz kleine Keile mit der Axt herunter, die sie mit dem Hammer rund herum um den Pfosten ebenfalls im Boden versenkt. Die Taube beobachtet Justine eine Weile dabei und fliegt dann wieder davon. *Weitermachen!*

Als Nächstes leert Justine die große Holzkiste aus, die mit allerlei Draht und Klemmen gefüllt ist. Hier schneidet sie mit der Säge eine faustgroße Öffnung hinein, die krumm und schief wird. Mit Schleifpapier entfernt sie die Splitter. Sie schleift so lange, bis ihr die Finger bluten und der Eingang runde Kanten hat, sodass sich Amie nicht verletzt. So nennt sie die Taube und hofft noch, in ihr eine Mitbewohnerin gefunden zu haben. Behände verschraubt sie zwei Metall-Leisten so miteinander, dass sie die Form eines Kreuzes bilden, und befestigt mit Eckwinkeln eine Platte als Boden auf der offenen Seite der Kiste. Nochmal zwei Stunden später ist die Kiste mitsamt dem Metallkreuz auf dem Zaunpfosten installiert und Justine füllt ein paar Hände voll Nussbaumreisig ein. *Was für Hühner gut ist, könnte schließlich auch Tauben gefallen.*

Ein wenig enttäuscht darüber, dass Amie davongeflogen ist, beginnt Justine sehr verspätet mit der Zubereitung des Abendessens und zieht sich dann ins Wohnzimmer zum Lesen zurück. Doch Justine kann sich heute nicht auf den Text konzentrieren. Immer wieder verliert sie den Faden und ihre Gedanken schweifen ab, gehen zurück an den

Tag, an dem Amie an ihre Scheibe geflogen war. Damals hatte sie wegen der unschönen Vorfälle große Angst, im Haus alleine zu sein. Fast wäre es gelungen, sie aus dem Paradies zu vertreiben. *Aus ihrem Garten Eden.*
Da kommt ihr das Buch mit dem doppelten Einband wieder in den Sinn. Sie weiß auf Anhieb nicht mehr, welches der bald zweihundert Bücher das war. Aus dem Lesesessel heraus sucht sie die Buchrücken ab und hofft auf ihre Erinnerung. *Da!* Zielsicher greift sie in die zweite Reihe von oben, halb rechts und zieht einen Band heraus. *Treffer*. Sie nimmt den ersten Einband ab und betrachtet den zweiten, der aus einer mit einer Schreibmaschine beschriebenen, dünnen Kartonage besteht. Der Schriftzug lautet:

„Ein Leben folgt den Zeigern der Uhr."
Une vie suit les aiguilles de l'horloge.

In einer Lasche, die für Lesezeichen vorgesehen ist, steckt eine mit Bleistift skizzierte Uhr, die auf fünf vor zwölf zeigt.

Justine notiert sich: „Uhrzeigersinn und fünf vor zwölf."

Sie hatte die Aufschrift auf dem Einband damals gelesen, dem aber keine Bedeutung beigemessen. Die Zeichnung sieht sie gerade zum ersten Mal. *Wieder ein Schritt weiter in der Lösung des Rätsels.*

Gleich morgen nach dem ersten Kaffee versucht sie sich nochmals am Drehkreuz im Sandsteinkeller. Bevor sie schlafen geht, schaut sie nochmal mit der großen Taschenlampe raus zum Taubenhaus und entdeckt neben dem Zaunpfahl eine weiße Feder auf dem Boden. Aus dem umgebauten Kasten vernimmt sie ein leises Gurren.

Heute ist ein großer Tag, das spürt Justine. Sie ist schon früh wach und platziert sich mit einem Kaffee am Fenster in der Küche. So hat sie den neuen Taubenschlag im Blick, vor ihr liegen die Notizen. Sie holt einen alten, großen Kalender und reißt sich eine Seite heraus. Auf der Rückseite notiert sie sich sämtliche Zahlenkombinationen, die sie gleich an der Stahltür im Keller ausprobieren möchte. Ohne System wird es ihr nicht gelingen, das Drehschloss zu knacken. Der Knauf lässt sich sowohl nach rechts, als auch nach links drehen, rundherum stehen Ziffern und auf N wie Norden gibt es einen kleinen Markierungspfeil, das war's. Justine darf sich nicht alleine an die Reihenfolge halten, in der sie die Hinweise gefunden hat. Sie muss flexibel bleiben und alle Varianten ausprobieren. Ganz sicher ist sie sich bloß bei der Tatsache, dass sie bei den Ziffern Fünf und Zwölf mit dem Uhrzeigersinn gehen muss, ansonsten wahrscheinlich gegen den Uhrzeigersinn.

„Bonjour mon amour", flötet Justine glücklich, als sie die Taube auf dem Zaun hocken sieht. Als sie das vorbereitete Schälchen mit allerlei Samen hinausträgt, gurrt die Taube laut.

„Du kannst es wohl kaum abwarten, was?", scherzt Justine und stellt die Schale wieder auf das Fenstersims. Sofort setzt Amie zum Flug an und landet unmittelbar neben Justines Hand. Zu Vertrauen gehört Mut. Sie zieht die Hand langsam zurück und beobachtet den kleinen gefiederten Körper, wie er fleißig die Körner aufpickt.

„Wie schön, dass du dich nicht vor mir fürchtest, kleine Freundin“, flüstert Justine und ist glückselig darüber, eine Mitbewohnerin zu haben. Erst als die Taube fertig ist und zurück auf den Zaun fliegt, bewegt sie sich wieder und blickt ihr nach, bevor sie zurück ins Haus geht. *Vögel wollen fliegen.*

„So ein Mist, keine einzige Kombination passt!“, flucht Justine, nachdem sie mehrere stundenlang erfolglos alle in ihrem Buch notierten Reihenfolgen ausprobiert hat. In ihrer Verzweiflung spricht sie Tante Valerie an:

„Was habe ich denn bloß übersehen, Tante Vally? Du hast mir vier Würfel mit …“ Justine stockt. „Vier! Das könnte es sein. Sie hatte sich nur die Ziffer 16 notiert, weil es 4 Würfel mit der Markierung auf den 4 Augen waren, doch es könnte auch anders gemeint sein.“

Justine holt tief Luft und ermahnt sich zur vollen Konzentration. Mit zittrigen Fingern dreht sie die Scheibe vier Mal nach links, also gegen den Uhrzeigersinn. Die Markierung stoppt auf der Ziffer Vier. Dann dreht sie weiter nach links, gegen den Uhrzeigersinn. Sie dreht drei Mal, um dann zu sehen, ob die Ziffer Drei hier korrekt ist oder ob sie auf zehn Umdrehungen erhöhen muss, damit dann die Ziffer Drei erscheint. Der kleine Pfeil zeigt nach der dritten Umdrehung auf die Zehn. Das könnte passen. Justines Herz rast. Es ist das erste Mal, dass sie überhaupt auf die Zahlen kommt, die im Spiel sind.

Sie dreht jetzt fünf Mal mit dem Uhrzeigersinn und der Teilstrich der Öffnungsmarkierung steht auf der Zwölf. Dann vernimmt sie ein leises „Klack“ und die Tür senkt sich kaum sichtbar, bevor sie sich wenige Millimeter öffnet. *Unglaublich. Ich hab's!*

Nach einem kurzen Moment des Innehaltens versucht Justine mit den bloßen Händen, die Tür zu öffnen, doch es gelingt ihr nicht. Schnell schiebt sie die Auslagen mit den Äpfeln beiseite, die noch überall kreuz und quer im Keller herumstehen, um mit dem Meisel die Türe vorsichtig aufzuhebeln. Nach dem zweiten Hammerschlag springt sie mit einem lauten Krachen auf, dann hört man die Angeln quietschen.
„Igitt!“, schreit Justine, als ihr eine riesige schwarze Spinne auf Augenhöhe erscheint. Die Spinne fühlt sich in ihrem Jahrhundertversteck gestört und fuchtelt wie wild mit ihren vorderen Füßen, bevor sie sich an einem Faden abseilt und quer über den gepflasterten Boden türmt. Justine sieht hinter der eingezogenen Sandsteinmauer nur Dunkelheit. Sie greift zur Taschenlampe und leuchtet hinter den Versatz.

„Wahnsinn!“, staunt Justine mit offenem Mund. Unter dem Lichtkegel der Taschenlampe taucht schemenhaft ein Regal auf, das hinter einem Schleier aus Spinnweben und weißem Salpeter kaum zu sehen ist. Bevor sie etwas anfasst, leuchtet sie alles aus. In einem der Regalböden befindet sich eine Kassette, daneben zwei alte Holzkisten. Das restliche Regal ist bis zum letzten Platz gefüllt mit liegenden Rotweinflaschen. Justine holt einen Besen und kehrt die gröbsten Spinnweben weg. Es flüchten drei weitere schwarze Webspinnen. Justine weicht gekonnt aus, sodass sie ihr beim Abkehren nicht in den Kragen fallen. Sie hat zwar keine Angst vor Spinnen, aber das würde sie dann doch ekeln.

Nachdem das Regal freigefegt ist, greift Justine ganz vorsichtig nach einer der Flaschen. Auf dem etwas ergrauten Etikett steht „Château rouge réserve, vignoble de la famille Dupont, prix lauréat or 1978“. In einer anderen Kiste liegen Magnumflaschen, die sogar noch älter sind. Es handelt sich um Champagner und Rotwein. Die älteste Flasche, die Justine ausmachen kann, ist von 1932. Sie holt sich einen Stuhl und setzt sich vor das offene Wandregal, um sich erst einmal kurz zu sammeln. Das meinte Tante Valerie also mit der Passage aus dem Buch. *Du bist reich, aber Geld ist es nicht.*
Vor Justine liegt vermutlich ein Vermögen an historischen Rotweinen, die wohl schon der Großvater oder Vater von Tante Valerie hergestellt hatten. Justine zieht sachte eine der Holzkisten hervor und entdeckt erneut Flaschen, diesmal ist es Whisky. In der anderen Kiste lagert ebenfalls Whisky. Auf den ersten Blick zählt sie drei unterschiedliche Jahrgänge. Sie findet einen Karton mit edlen Weinkelchen, deren Gravur verrät, dass sie für einen Jahrestag angefertigt wurden: *á l'occasion de l'anniversaire de la famille*.

Die Kassette ist mit einem kleinen Schlüssel versehen. Justine nimmt sie auf den Schoß und streicht mit den Händen darüber, als hätte sie eine Schatzkiste gefunden. Sie besinnt sich und steht auf, um sie in der Küche bei

Tageslicht zu öffnen. Im Keller ist es zudem wieder unangenehm kalt geworden, doch vor lauter Aufregung hatte Justine bibbernd die Kälte ignoriert. Sie lehnt die Stahltür nur an und stellt die Rückseite des massiven Holzgestells davor, um sie geschlossen zu halten. Sie traut sich nicht, den Tresor zu verschließen. *Wer weiß, ob ich ihn jemals alleine wieder geöffnet bekomme.* Vor lauter Aufregung ist sie sich gar nicht mehr sicher, was nun schlussendlich die richtige Kombination war. Die Kassette entpuppt sich tatsächlich als kleine Schatzkiste in Form eins Schmuckkästchens.

27. Heiligabend

Heute ist der 24. Dezember.

Justine hat Küche, Wohnzimmer und auch die breite Fensterbank ihres Schlafzimmers mit Tannenzweigen und Kerzen dekoriert. Für die kalte Jahreszeit hat sich ein inzwischen lieb gewonnenes Ritual eingeschlichen. Sie kocht sich jeden Morgen heißen Wasser für einen Kaffee, dann feuert sie den Kamin an und geht im Mantel nach draußen, um Amie zu füttern. Das hübsche Tier kommt sofort auf Justines Schulter geflogen und pickt von dort aus direkt in die Schüssel. Jedes Mal muss Justine lachen, weil der Vogel so gierig ist, dass er längst alle Scheu verloren hat. Die Körner wirbeln kreuz und quer aus der Schüssel. Auch Amies Häuschen hat sie vor einigen Tagen mit Tannenzweigen und einer goldenen Schleife dekoriert. Danach zieht sie sich mit einer Tasse Kaffee und einem Lebkuchen nochmal ins Bett zurück, bis die Räume sich ein wenig aufgeheizt haben. Das ganze Haus duftet wunderbar nach Kaffee, Wald und Baumharz. An diesem Morgen fühlt es sich für Justine an, als sei die vollkommen in den warmen Schoß des Lebens zurückgekehrt.

„Feliz Navidad... próspero año y felicidad ...", singt Justine das Lied von José Feliciano, als sie in ihre Cordhose schlüpft. Sie freut sich sehr auf diesen Tag, vor allem aber auf den ersten Heiligen Abend im Landhaus. Geplant hat sie ein kleines Lagerfeuer, auf dem sie sich in einem Topf

Glühwein verfeinert mit frischen Hagebutten und einer Zimtstange kochen will. Sie hat Peter dazu eingeladen. Er will am späten Nachmittag für zwei Stunden bei ihr vorbeischauen und bringt ihr fürs Abendessen ein Stück vom Rehrücken mit. Justine isst ja eigentlich so gut wie kein Fleisch, doch bei einem Stück Wild von Peter macht sie eine seltene Ausnahme. Als Appetithappen zum Glühwein hat sie schon ein frisches Gewürzbrot mit dem Klingenberger Brotgewürz als dem *Alten Gewürzamt* gebacken. Zum Abendessen gibt es dann für Justine ein ganz klassisches weihnachtliches Gericht. Sie wird zum Reh karamellisierte Rosenkohlröschen aus dem Garten zubereiten, dann eine kräftige Rotweinjus mit Zwiebeln und als Beilagen selbstgemachte Kartoffelkroketten. In die Sauce gibt sie von den getrockneten Waldpilzen aus dem Sommer, denn das gibt ein schönes Waldaroma und passt hervorragend zum Wild.
Bevor Peter kommt, möchte sie alle Flaschen aus dem Vermächtnis mit Jahrgang und Bezeichnung auflisten und die Tür wieder ordnungsgemäß mit der Tresorwand verschließen. Justine hat beschlossen, diesen Schatz vorerst stillschweigend aufzubewahren.

„Peter, wie lange kann man einen guten Rotwein lagern?“, fragt sie, als sie beide mit einem heißen Becher Glühwein am Feuer sitzen. Die Taube hockt als Zaungast dabei und gurrt leise vor sich hin. Peter freut sich, sein Wissen mit Justine zu teilen und erzählt ihr aus seiner langjährigen Erfahrung als Winzer.

„Längst nicht jeder Rotwein wird mit dem Alter besser, doch es gibt durchaus Beerenauslesen, die man auch

Jahrzehnte lang aufbewahren kann. Wichtig ist, wie sie gelagert werden. Es sollte sich um einen lichtgeschützten, kühlen Raum ohne größere Temperaturschwankungen handeln. Zudem sollten Weine mit Korken immer liegend gelagert werden, damit dieser nicht austrocknet."
Peter erzählt ihr so ziemlich alles, was er über das Thema Wein weiß und was er ihr nicht schon weitergegeben hat.

„Ich danke dir, das ist so spannend, ich könnte dir ewig zuhören."

„Begleite mich nächstes Jahr doch ein wenig in den Weinbergen, wenn du möchtest, dann kann ich dir noch viel mehr zeigen und helfende Hände kann ich immer gebrauchen."

„Das würdest du machen?"

„Selbstverständlich, liebend gerne sogar."

„Abgemacht. Ich freue mich!", strahlt Justine über beide Ohren.

„Die neuen Weine kommen übrigens toll an, die Pflanzennamen waren eine super Idee. Vielleicht erhalte ich sogar eine Auszeichnung für einen der Rotweine." berichtet er stolz, um dann im bedauerlichen Ton zu sagen: „Ich komme bald wieder vorbei, Justine. Doch jetzt muss ich leider los."

Als Peter sich aufrichtet, bremst ihn Justine aus.

„Peter, warte kurz. Ich habe noch eine Kleinigkeit für dich."

„Justine, du sollst doch nicht ..."

„‚Du bist reich, doch Geld ist es nicht', schrieb mir Tante Valerie. Und sie hat recht. Ich brauche im nächsten Jahr keine Pacht für die Weinberge. Mir geht es sehr gut,

ich habe geerbt. Du kannst sie einfach so weiter bewirtschaften."
Peter schaut ungläubig.

„Dein Ernst?"

„Mein voller Ernst ... nur eine Kiste vom Wein, die nehme ich gerne."

„Nichts lieber als das. Ich danke dir, Jus."
Peter drückt sie so fest, dass Justine kurz die Luft wegbleibt. *Peter ist für mich zu einem echten Freund geworden.*

Stunden später sitzt sie satt und zufrieden im Lesesessel, auf dem kleinen Tischchen steht eine Tasse Melissentee. *Was war das für ein erfüllter Tag*, denkt sie mit festlich gestimmter Miene. Zur Feier des Tages hatte sie sich das bunte Hemd von Leopold angezogen.

„Schau her, Leopold! jetzt sehe ich auch aus wie ein Kanarienvogel", lacht Justine und denkt zurück an die schöne, gemeinsame Zeit. Das Hemd ist ihr zwar viel zu groß, steht ihr aber ausgezeichnet und fühlt sich wunderbar weich auf ihrer Haut an.

Sie denkt auch zurück an Hamburg, an ihre große Reise und an das Ankommen hier im Landhaus. Es fühlt sich an, als sei sie erst jetzt erwachsen geworden. Davor war sie noch das Kind, das Heimweh hatte. Jetzt liegt vor ihr ein ganz ruhiger, tiefer See. Die Feststellung ist aus voller Überzeugung: *Ich bin wieder gesund.*

Justine betet für alle die Menschen, die lieber gar nicht so genau hinschauen und immerzu weitermachen. Für die

Menschen, die über die Jahre so stumpf werden, wie sie selbst es geworden war. Es braucht auch nicht erst ein Erbe, um auszusteigen, sondern irgendeinen ganz starken Impuls und etwas Mut. Und den Glauben daran, dass das Leben schön sein darf.

An der linken Brusttasche des Hemds prangt die goldene Brosche in Form eines Efeublattes. Justine legt ihre Hand darauf und spürt tiefe Dankbarkeit.

„Die Taube und das Efeublatt."
Le pigeon et la feuille de lierre.

Jetzt habe ich endlich auch einen Titel, den ich meinem ersten Buch geben werde, ist sich Justine sicher.
Auf ihrem Schoß liegt ein weiteres Buch über die griechische Antike. Sie liest und wird an einer Textstelle stutzig: „Deimos (altgriechisch ‚Schrecken', lateinisch ‚Terror', auch Metus und Formido) ist ein Dämon der griechischen Mythologie. Deimos tritt in der Regel zusammen mit Phobos ‚Furcht' auf. Phobos trägt auf den Schultern ein Bündel Blitze, Deimos hält in der Hand den Donnerkeil. Bereits in Homers Ilias verbreiten die beiden als Begleitung des Gottes Ares Furcht und Schrecken unter den Kämpfern von Troja... Die beiden Marsmonde sind Phobos und Deimos. Beide wurden 1877 von einem amerikanischen Astronomen entdeckt und sind nach den griechischen mythologischen Zwillingsfiguren Phobos und Deimos benannt, die ihren Vater Ares ..."

Moment mal, es rattert in Justines Kopf. „Phobos … Herr Phobos … Leopold Phobos … Das bist du also wirklich?", fragt Justine in den Raum hinein. Jetzt fällt es ihr wie Schuppen von den Augen, wer da im Sommer ihr fremder Gast gewesen ist. Sie ist sprachlos, als sie realisiert, was das bedeutet. *Die flippenden Steine im Wasser, die keine Wellen schlugen. Die Verkäuferin im Kleidungsgeschäft. Das Ernten der Brennnesseln ohne Bläschen an den Händen? Leopold Phobos war meine personifizierte Angst gewesen.*

Justine hat in den dunkelsten Zeiten der Einsamkeit und Hilflosigkeit ihre Furcht nicht der Tür verwiesen. Sie hat sie an den Tisch gebeten und sich gastfreundschaftlich gezeigt. Hätte man ihr vorhergesagt, dass dies eine solch angenehme Begegnung sein könnte, sie hätte diese Angst schon viel früher zugelassen und ihr ein buntes Hemd angezogen.

Noch am gleichen Abend geht Justine in das hintere Zimmer im oberen Stock und sucht sich aus einer Kiste voller Bilderrahmen und Passepartouts zwei passende Stücke aus. Sie rahmt in hellem Holz zuerst den Satz, den sie in geschwungenen Lettern auf ein Stück Papier geschrieben hat, dann noch ein kleines Bild. Beides hängt sie im Flur zu den Zitaten von Tante Valerie.

„Ist es möglich, die eigene Angst zum Freund zu haben?"
Est-il possible d'avoir sa propre peur en tant qu'ami?

Ja !

Und direkt daneben, da lacht der Joker auf seiner Spielkarte aus seinem goldenen Rahmen.

Wer aufmerksam genug ist und sich traut, dann auch hinzusehen, der kann das Glück für sich bewahren.

@lena.literatur auf Instagram

Lena Dieterle ist im Februar 1984 gemeinsam mit ihrer Zwillingsschwester in Miltenberg geboren. Nach dem Abitur zieht sie für das Studium der Germanistik und Philosophie nach Heidelberg, beendet das Hauptstudium jedoch nicht. Lena Dieterle absolviert eine Ausbildung als Buchhändlerin bei Hugendubel in München.
Veränderungen im Sortimentsbuchhandel führen dazu, dass sie die Branche wechselt und inzwischen langjährig als Immobilienverwalterin in Aschaffenburg tätig ist.

Das Schreiben ist mein Weg zurück zur Literatur.
Es ist Ruhepol, Manifestation und Heilung in einer oft so lauten, schnellen Welt. Und ich werde weiter schreiben.
Danke an alle, die mich auf diesem Weg unterstützt haben.

Herzlichst,
Lena Dieterle

ISBN 978-3-7549-1525-7
9 783754 915257 00001
www.epubli.de

Printed in Poland
by Amazon Fulfillment
Poland Sp. z o.o., Wrocław

84657416R00139